KB262783

劍影刀殺

검명도살

몽월 新무협 판타지 소설

FANTASTIC ORIENTAL HEROES

검명도살 5

몽월 新무협 판타지 소설

초판 1쇄 찍은 날 § 2011년 8월 22일
초판 1쇄 펴낸 날 § 2011년 8월 29일

지은이 § 몽월
펴낸이 § 서경석

편집부장 § 권태완
편집책임 § 박우진

펴낸곳 § 도서출판 청어람
등록번호 § 제1081-1-89호
등록일자 § 1999. 5. 31
어람번호 § 제2-2140호

주소 § 경기도 부천시 원미구 심곡2동 163-2 서경B/D 3F (우) 420-822
전화 § 032-656-4452 팩스 § 032-656-4453
http://www.chungeoram.com
E-mail § chungeoram@chungeoram.com

ⓒ 몽월, 2011

ISBN 978-89-251-2606-7 04810
ISBN 978-89-251-2534-3 (세트)

검명도살

目次

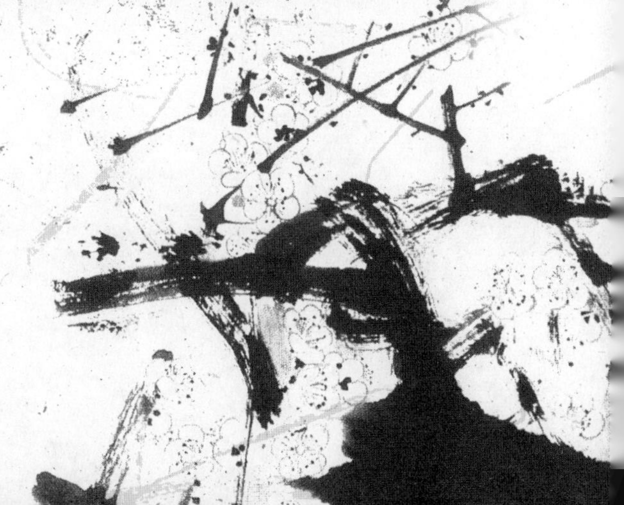

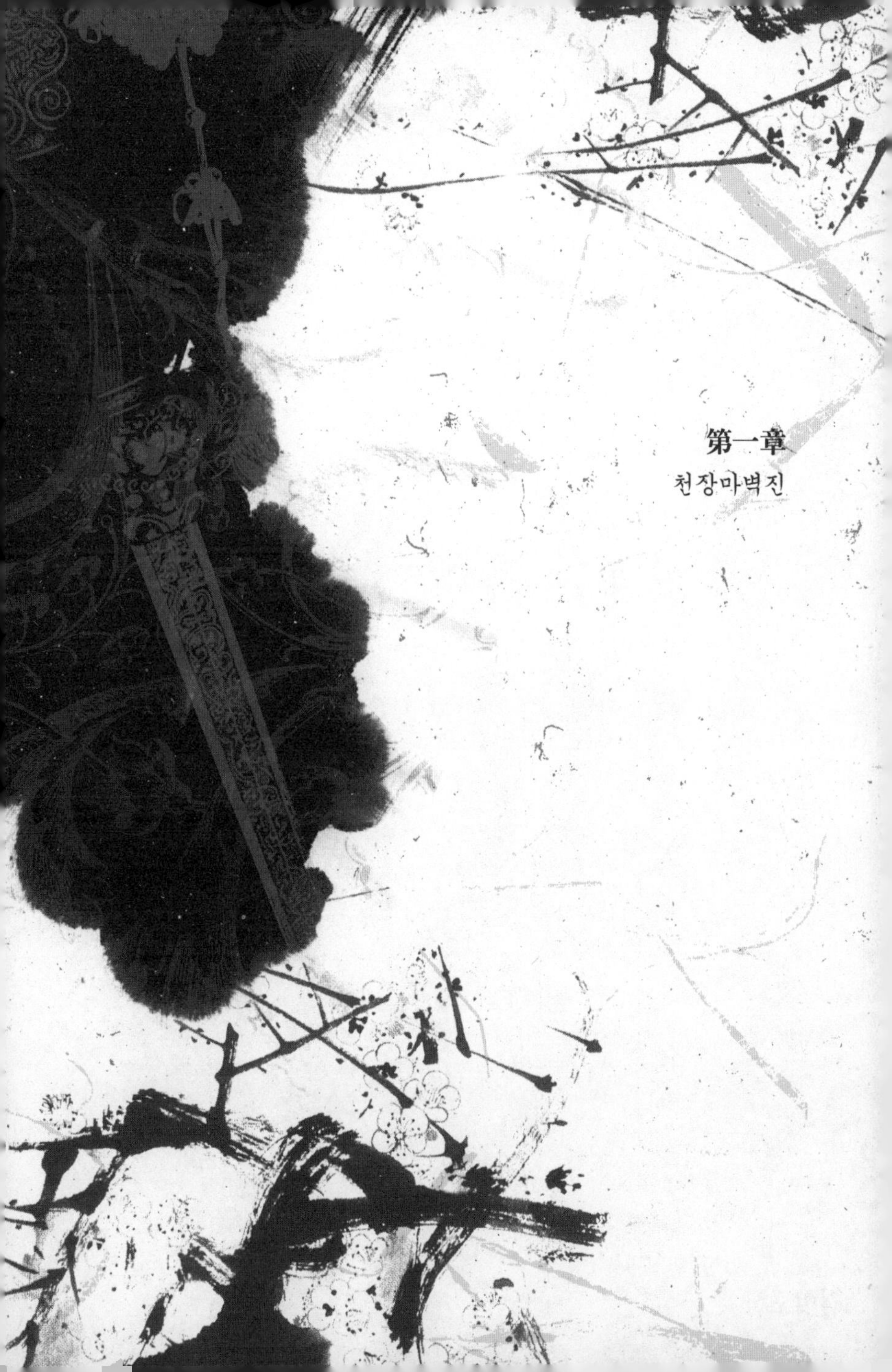

第一章
천장마벽진

검명도살

추산은 소리가 들려온 곳을 향해 고개를 돌렸다. 십여 장 떨어진 소나무 아래 한 명의 백의미부가 우뚝 서 있었다. 우아함이 온몸을 덮고 있는 여인은 청소혜였다.

"누구냐? 여긴 아무나 들어올 수 있는 곳이 아니니라."

추산은 대답하지 않았다.

아니 대답할 말이 떠오르지 않았다.

둥둥둥!

북소리는 갈수록 거칠어졌다. 문득 청소혜의 고개가 북소리가 들려온 곳을 일별하더니 표정이 굳어졌다. 뭔가를 눈치챈 듯 추산의 위아래를 날카로운 눈으로 훑어보았다.

그때였다. 멀리서부터 요란한 외침이 들려왔다.

"멈춰라. 여긴 대호법님의 성지, 내가 기별을 넣어 자초지종을 여쭙고 수색에 협조해 달라고 할 테니 기다리거라."

청소혜가 소리난 곳을 다급한 시선으로 바라보더니 입을 열어 말했다.

"따라 오세요."

추산은 몸을 움직이지 않았다.

여인의 행동에서 적의를 느낄 수는 없었지만 적진 안이기에 따르기가 쉽지 않았다.

"지체할 수록 위험해져요. 싫으면 관두구요?"

"알겠습니다."

하는 수 없었다.

청소혜에게 자신의 모든 것이 달려 있었다. 제아무리 뛰어난 인물일지라도 진법으로 퇴로가 막힌 황보세가를 나간다는 것은 불가능했다.

청소혜는 걸음을 서둘렀다.

동풍강수 뒤뜰로 좁은 비탈길이 있었다. 길을 오르자 숲이 무성한 작은 분지가 나타났고 허름한 별채 하나가 모습을 드러냈다. 청소혜는 거침없이 별채로 다가가더니 문을 열었다.

"엄마야?"

"응, 애미니라."

"웬일로 다시 왔어. 뭐 놓고 간 것 있어?"

청소혜를 따라 들어서던 추산은 소스라치고 말았다. 방 안에는 한 명의 청년이 앉아 있었다.

인중룡(人中龍)이라 한들 이보다 더 뛰어날까. 특히 한 자루 칼을 박아 놓은 것 같은 눈썹과 부리부리한 눈은 봉황을 닮았다. 그러나 밑을 내려다보던 추산의 표정이 굳어졌다.

흰 천에 덮여 있는 하반신. 보지 않아도 어떤 상태인지 알 수가 있었다.

"누구야?"

청년은 잔뜩 적의를 담고 청소혜에게 물었다.

청소혜가 말했다.

"산아야."

"뭐하는 놈이냐고 물었잖아. 어디서 데려온 놈이야?"

추산이 포권의 예를 취하며 말했다.

"송구하오이다. 소생은……."

"누가 네놈에게 물었어? 엄마, 대답해. 저자식 어디서 굴러온 개뼈다귀야?"

추산의 눈썹이 모아졌다.

상대는 장애인이다. 그러나 처음 만난 자신을 향해 개뼈다귀 운운한 것은 참을 수 없는 모욕이고 화날 일이었다.

"그런 눈으로 보면 날 어쩔 건데? 때리기라도 할 거야? 건방진 자식."

"산아야. 손님에게 그 무슨 말버릇이니."

"엄마는 도대체 누구 편이야? 저놈이야, 나야?"

"아니야, 아니야. 엄마는 우리 산이 말고는 누구도 좋아하지 않아."

청소혜가 한쪽 무릎을 꿇더니 사내를 끌어안았다.

“진정해. 길을 잃고 있기에 데려왔어. 잠시 여기 있게 해주려고.”

화악!

청소혜를 거칠게 밀어내던 사내의 눈이 타오른다.

“그럼 저 북소리가 이놈 때문에 울리는 거야? 엄마, 미쳤어. 집에 적이 들어왔는데 숨겨주다니. 나중에 발각되면 어떤 일이 벌어질지 몰라서 그래?”

“그렇다고 내 집으로 들어온 사람을 내치란 말이니?”

“당장 내보내. 가뜩이나 아버지 입지도 좋지 않은데 이게 무슨 짓이야. 어서 내보내라구. 야, 임마! 너 나가! 당장 꺼져 버려! 안 나가면 내가 고발할 거야.”

청소혜가 일어나며 한숨을 쉬었다.

“미안해요.”

“아닙니다. 괜찮습니다. 전 이만 가보겠습니다.”

“내 눈앞에서 당장 꺼져.”

추산은 노려보는 사내를 향해 충분히 이해한다는 듯 가벼운 미소를 지었다.

추산이 문을 향해 걸어가자 청소혜가 말했다.

“어딜 가려구요. 아마 이곳을 나가면 한 시진이 되지 않아 잡히고 말 거예요. 천장마벽진은 아무나 뚫을 수 있는 진법이 아니에요.”

추산은 잠시 멈칫하다 다시 걸음을 옮겼다. 초대받지 못한

곳에 머무르고 싶지는 않았다. 위험이 분명 문밖에 진을 치고 있지만 주인이 내치는데 어쩌란 말인가.

"거기 서!"

청년은 외쳤다.

추산은 걸음을 멈추고 돌아섰다.

청년의 두 눈에서 서릿발 같은 한기가 뿜어져 나오고 있었다.

"장부가 그 까짓 일로 삐치느냐? 너 삐쳤지?"

추산의 검미가 찌푸려졌다.

어디가 진실인가. 나가라는 쪽이 진실인가, 아니면 지금이 진실인가. 아무리 강호가 요지경 속이라지만 중심을 잡을 수가 없었다.

"엄마 말씀대로 넌 나가면 죽어. 여기 있어. 나가라고 할 때는 언제고 이제와 숨으라고 하느냐고? 그건 내 맘이야. 사람 맘이 항상 한결 같을 수는 없잖아."

"맞다. 우린 산이가 이제야 어른스러운 말을 하는구나. 사람 마음은 절대 한결 같을 수 없지."

"그래, 멀리 볼 것도 없이 백부님을 봐. 전쟁을 끝내고 돌아오면 모든 권력을 넘겨주시고 이선으로 물러나겠다고 하셔놓고 아버지에게 아무것도 주시지 않잖아. 애초에 약속한 것 중 단 한 가지도 주지 않았어. 인간은 정말 교활한 동물이야."

"됐다. 이제 그만하거라."

"엄마는 이상해. 외부인이 우리의 치부를 들여다보는 것 같아 듣기 싫은 모양인데 속으로는 끙끙 앓고 있는 것 다 알아. 털어내지 않으면 엄마 미치고 말 거야. 사람들은 엄마더러 화려하지만 요사하지 않고 단출해 보이지만 우아하면서 수하들의 아픔을 가슴으로 끌어안아 줄 줄 아는 따뜻한 분이라고 하지만 내가 보는 엄마는 그렇지 않아. 아버지와 백부님 사이에서 속이 상할 대로 상해 있는 미치기 일보직전인 환자일 뿐이야. 나보다 더."

청소혜의 표정이 딱딱해졌다.

"말해봐. 내 말이 틀렸어?"

"그만하거라."

"듣기 싫은 모양이군."

"그만하래두!"

청소혜가 버럭 소릴 질렀다.

청년은 눈을 크게 뜨더니 주르륵 눈물을 흘렸다.

"엄마. 지금 나에게 화낸 거야? 엉엉! 엄마 무서워. 이렇게 무서운 엄마를 사람들은 좋다고 해."

청년은 서럽게 눈물을 훔치며 흐느꼈다.

잠시 싸늘한 표정으로 청년을 내려다보던 청소혜는 다시 쭈그리고 앉아 그를 끌어안았다.

"울지 말거라. 엄마가 잘못했구나. 너무 속이 상해 소릴 질렀으니 네가 이해하거라."

"사, 사과해."

"그래, 사과할게. 앞으로는 정말 화 안 낼게."

“엄마!”

“산아!”

모자는 서로를 끌어안고 눈물을 흘렸다.

추산은 뭔가 깊은 사연이 있음을 직감하고 묵묵한 얼굴로 창밖을 바라보았다.

북소리는 여전히 멈추지 않고 들려왔다. 아마 잡히기 전까지는 멈추지 않을 듯했다.

“인사해요. 내 아들 산이에요.”

추산은 눈길을 돌려 황보산을 보았다.

황보산이 언제 그렇게 싸늘했냐는 듯 환한 미소를 지었다.

“난 황보산. 넌?”

“추산입니다.”

“어, 우리 둘 이름이 똑같네. 이것도 인연이잖아. 나이는?”

“열여섯입니다.”

“난 서른, 내가 형님이다. 앞으로 말 올려라. 난 하대를 하겠다.”

추산은 미소를 띠며 말했다.

“물론입니다, 형님.”

“추산 아우, 어떻게 우리집에 몰래 들어왔어? 함부로 들어오기가 쉽지 않을 텐데.”

추산은 자신을 바라보는 황보산과 청소혜를 빤히 보다 피식 웃음을 터뜨렸다.

그리고 다시 노독수가 자신의 돈을 떼먹고 사라진 얘기며,

누군가 아는 사람이 노독수를 장안에서 봤다는 말을 듣고 장
안을 뒤지다 황보세가 사람들에게 납치되어 끌려왔다는 말을
해주었다.

"악 형님이 죽이려 했단 말인가?"

추산은 고개를 끄덕였다.

황보산의 입술이 물렸다.

"사실!"

그때 청소혜가 입을 열어 말했다.

"지금 본 가는 겉으로는 큰 아주버님을 중심으로 똘똘 뭉쳐
흘러가는 듯 보여도 그렇지가 않아요. 구파일방과 다른 명문
에서는 가주가 직접 대장군이 되어 출전하였지만 본 가만 산
이 아버지가 대신했어요."

그 대신 황보황은 한 가지를 약속했다.

전쟁이 끝나고 돌아오면 자신은 이선으로 물러나고 모든 권
한을 동생 황보곤에게 물려주겠다고.

황보곤은 그 약속을 믿었다. 또한 그뿐 아니었다. 황보곤은
전쟁에 나가지 않으려는 자신의 부하들을 설득하는 데 황보황
이 내건 약속을 전했다. 그러면서 말했다.

"돌아오면 너희들 세상이 될 것이다. 최소한 황보세가는 우리
의 손에 의해 움직일 것이다."

그 한마디를 믿고 수하들은 전쟁터로 뛰어들었다. 전쟁은

정파의 승리로 끝나고 황보곤은 많은 수하들을 잃었지만 당당히 개선했다. 그러나 황보황의 약속은 지켜지지 않았다. 오히려 몇몇 황보곤의 수하들이 바른말을 하다 뇌옥에 갇혔다.

"솔직히 이제는 누구도 그 약속을 지킬 것이라고 생각하지 않아요. 우리 또한 물 건너갔다는 것을 잘 알고 있어요. 하나 정작 중요한 건 아주버님 쪽에서 우리 쪽을 의심하고."

"엄마, 그만해."

황보산이 말을 잘랐다.

청소혜가 황보산을 보더니 길게 숨을 내쉬었다.

"그래, 그만하자. 이용당한 우리가 어리석지 누굴 탓하겠니. 그러나 이것 한 가지는 분명히 알아주셨으면 해요. 황보세가는 산이 아버지와 아주버님이 공동으로 오늘의 위치에 올려놓았다는 것을."

청소혜의 목소리가 떨리고 있었다.

바로 그때였다. 추산의 고개가 밖을 향해 돌아갔다. 문 바깥으로부터 발걸음 소리가 들려왔다. 잠시 후 예상대로 다급한 목소리가 들려왔다.

"소공자님, 속하 태충소입니다."

"뭐냐?"

"저, 저어 송구하오나……."

"뭐냐니까?"

"가내에 적이 침입했사옵니다."

"그래서 별탈 없다는 얘기냐? 난 아주 별일 없으니 다른 데로 가보거라.”

밖에서 다시 음성이 들려왔다.

“그게 아니오라 소공자님의 거처를 잠시 조사해야겠사옵니다. 양해하소서.”

황보산이 발끈했다.

“네놈이 미쳤구나. 감히 내 방을!”

“요, 용서하소서. 누구의 거처라도 반드시 조사하라는 대공자님의 명령이옵니다.”

“형님께서 그렇게 말씀하셨단 말이냐?”

“소인이 거짓을 고하면 천벌을 받습니다. 당장 알아보소서.”

황보산의 표정이 굳어졌다.

청소혜 또한 입술을 지그시 깨물며 추산을 본다.

보다시피 우리의 처지가 이렇다고 말하고 있었다. 권위와 존재감을 전혀 인정받지 못하고 있다는 비참한 시선이었다.

“따라오세요.”

“어떻게 하려구요?”

황보산이 물었다.

청소혜가 말했다.

“내게 생각이 있느니라.”

안쪽으로 문이 하나 붙어 있었다. 문을 밀고 들어서자 약간 어두침침한 욕실이 모습을 드러냈다.

욕실에는 어른 허리쯤 올라오는 욕조와 수증기가 피어나는 샘물이 조그만 바위 웅덩이를 넘쳐흘러 별채 밖으로 흘러가고 있었다. 온천수로 황보산을 목욕시키기 위해 만들어진 욕실이리라.

"마침 산이 목욕을 시키기 위해 물을 받아 놓았는데 잘 됐군요. 어서 안으로 들어가요."

추산이 멈칫하다 독촉했다.

"서둘러요. 가까이 와서 봐도 어둡기 때문에 안을 자세히 들여다보기 전에는 알아차리지 못할 거예요. 아마 잘하면 입구에서 스윽 훑어볼지도 모르구요. 뜨겁지는 않을 거예요."

추산은 방법이 없음을 깨닫고 옷을 입은 채로 안으로 들어갔다.

머리가 완전히 잠기도록 잠수했다.

탁!

문을 닫고 나오던 청소혜가 흠칫했다.

황보산이 윗도리를 벗고 있었다. 누가 봐도 막 목욕을 하기 위한 모습이 아닐 수 없었다.

청소혜의 눈썹이 미세한 떨림을 보였다. 저런 빠른 눈치와 계산력을 볼 때마다 하늘이 무너지는 것 같았다. 욕심만 부리지 않았다면, 그때 자신이 쓸데없는 과욕을 부리지만 않았다면 지금쯤 훤칠한 장부가 되어 황보악을 능가하는 고수가 되었을 것을.

태어난 지 삼 년째 되던 날, 그러니까 황보산의 나이 세 살 때 일이었다.

이미 황보세가의 도법 수련에 매진하는 황보악을 보며 황보산도 어서 빨리 무공을 익힐 수 있는 기초를 다져주고 싶어 청소혜는 벌모세수를 시작했다.

백팔단천수(百八丹泉水).

인세에 보기 드문 백여덟 가지의 영약 속에 세 살짜리 아들을 넣었다. 백팔단천수로 벌모세수를 시키면 도검불침의 몸이 된다는 강호의 전설.

몇몇 의원에게 자문까지 받았지만 흔쾌히 가능하다고 했다.

하지만 그 결과는 참혹했다. 무려 황금 백만 냥이란 거액을 들여 준비한 백팔단천수는 실패로 끝났다.

태양절맥(太陽絶脈).

아들 황보산이 천만 명 중에 한 명 있을까 말까 한다는 태양절맥일 줄이야. 태양절맥은 말 그대로 극양의 덩어리, 백팔단천수 또한 극양의 영수였다.

양과 양이 서로 뒤엉키자 상상을 초월하는 화기가 발생했고 그만 주화입마에 걸려 버린 것이다. 태양절맥은 언젠가 자신의 몸에 지닌 열기에 의해 스스로 타게 된다. 대부분 그 시기를 이십 세 전후로 본다.

그러나 그 이전에 강력한 무공을 얻어 몸의 열기를 통제할 능력을 가지게 되면 좀 더 오래 살 수 있다. 또한 태양절맥의 화기를 제압할 수 있는 유일한 방법은 놀랍게도 백팔단천수뿐이라는 것이었다.

오랑캐로 오랑캐를 제어[以夷制夷]하듯 극양의 기운으로 극양의 기운을 제어하는 이양제양(以陽制陽)이었다. 백팔단천수로 태양절맥의 화기를 다스려 중화를 시키면 상상을 초월한 능력을 얻게 된다. 그런데 아직 자신의 몸의 화기나 바깥에서 들어오는 화기를 통제할 능력이 없는 아이에게 백팔단천수로 벌모세수를 시켰으니 주화입마에 걸릴 수밖에 없었다.

꽈당!

문이 열리고 일곱 명의 무사가 방 안으로 들어왔다.

"소, 소공자님을 뵈옵니다."

"오늘의 일을 형님께 따질 것이다. 썩 조사하고 꺼지거라. 목욕해야 하느니."

"예예!"

"옷을 벗고 이각 이상이 지나면 내 몸에 어떤 현상이 생기는지는 네놈들이 더 잘 알 터. 내 몸이 잘못되면 아무리 형님이라고 해도 온전하지는 못할 것이다."

사내들로 하여금 대충 조사를 하도록 하기 위해 황보산은 강력한 목소리로 압박을 가했다.

"삼모님을 뵈옵니다."

"조사부터 하거라."

청소혜 또한 황보산과 손바닥을 마주치듯 서둘러 말했다.

"어서어서 뒤져라. 시간없느니라."

우두머리의 명령에 사내들이 방 안 곳곳을 살폈다. 그러나 자세히 보지는 않고 대략 눈길만 훑을 뿐이었다. 이윽고 우두머리가 작은 문을 열어 어두침침한 욕실을 살폈다.

"빨리 살펴거라."
청소혜가 뒤따라와 재촉했다.
"네네!"
우두머리는 욕실을 스치듯 들여다보더니 등을 돌려 나갔다.
"퇴실!"
우두머리의 명령에 일제히 사내들이 밖으로 나갔다.
"협조해 주셔서 감사합니다."
우두머리가 포권의 예를 취했다.
청소혜가 차갑게 말했다.
"어서 가보거라."
척!
다시 한 번 포권의 예를 취한 우두머리가 사라지자 청소혜는 욕실문을 두드렸다.
쏴아아!
추산이 물속에서 나왔다.
그런데 청소혜의 눈이 커졌다.
"괘, 괜찮아요?"
일각이 조금 넘는 시간, 물 바깥에서는 짧지만 물속에서는 아주 길다. 그렇다면 지금쯤 거칠게 호흡을 하거나 아니면 기절 직전이어야 정상인데 마치 빈 통 속에 있다가 나온 듯 담담했기 때문이었다.
"구, 구식대법인가요?"
추산은 빙그레 웃었다.

"그렇습니다. 능숙하지는 못합니다."

구식대법은 능숙하고 능숙하지 못하고가 없었다. 그냥 펼치면 아는 것이고 모르면 펼치지 못한다. 청소혜 또한 무가의 여인이고 무공이 상당한 경지에 이르렀지만 아직 구식대법을 연마할 만큼 내공이 오르지는 못했다.

어느새 의관을 갖춘 황보산 또한 놀라는 얼굴이었다.

"아우, 무공이 상당하군."

"아닙니다."

"아니다. 아버지를 제외하고 아직까지 구식대법을 펼친 인물은 보지 못했다. "

초식으로 배울 수 있는 무공이 있고 내공이 일정한 경지에 올라야 터득이 가능한 무공이 있는데 대표적인 것이 구식대법이었다.

"따라오세요."

청소혜가 문을 나서려 했다.

그건 진법을 해체해 주겠다는 행동이었다.

추산은 고개를 저었다.

"나가실 것 없습니다. 여기서 저에게 가르쳐만 주십시오."

진이 열리면 금방 통제소에서 알게 된다. 그렇게 되면 사람들이 몰려올 것이다. 물론 그때 이미 자신은 진 밖으로 나가 있겠지만 진을 열어준 청소혜는 발각되고 만다.

"걱정 마세요. 비록 내가 공자를 도망치게 했다는 것을 알게 되겠지만 황보세가의 삼모예요. 무슨 일이 있겠어요?"

“그렇다. 백부님과 형님께서 아무리 우리와 사이가 좋지 않다고는 해도 당장 어쩌지는 못할 것이니 어머님 말씀대로 따라가거라.”

“싫습니다. 저에게 가르쳐 주십시오.”

청소혜가 눈을 치켜떴다.

진법이 어디 저잣거리에 굴러다니는 무공 초식이던가. 어떤 간단한 것일지라도 앉은 자리에서 설명되고 이해될 수 있는 진법은 없다는 것이 청소혜의 경험이었다.

추산은 빙그레 웃었다.

“알았으니 설명부터 해보세요. 안 되겠다 싶으면 그때 포기하겠습니다.”

청소혜의 눈이 깊숙해졌다.

자기 과신인가 아니면 자신을 보호해 주려는 배려인가.

그러나 눈빛 어디에도 과신의 표정은 보이지 않는다.

“좋아요, 원대로 가르쳐 드리죠. 잘 들으세요. 천장마벽진은…….”

방 안에 청소혜의 목소리가 울려 퍼졌다.

그녀는 손짓을 해가며 천장마벽진에 대해 설명했고 추산의 두 눈은 강렬하게 빛났다. 글자, 손가락, 움직임 하나 놓치지 않겠다는 듯 타오르는 추산의 눈빛을 보며 청소혜의 목소리 또한 열을 내어갔다.

“어때요? 이해가 잘 안 되죠? 한 번 더 설명할 테니 들어요. 두 번째에는 좀 더 이해가 빠를 거예요.”

"아닙니다. 됐습니다."
"무슨 말이죠? 설마 이해를 했다는 건가요?"
"예, 조금은."
믿어지지 않는다는 듯 청소혜의 눈이 커졌다.
황보산 또한 커진 눈으로 물었다.
"아우, 미안해 하지 말고."
"정말입니다. 제가 말해보죠."
추산은 청소혜로부터 들었던 천장마벽진에 대해 설명하기 시작했다. 청소혜가 움직였던 손가락 모습 또한 한 치의 오차도 없이 똑같았는데 더욱 놀라운 일은 완전히 천장마벽진에 대해 이해를 하고 있다는 것이었다.

―노, 놀라운 일!

청소혜와 황보산의 얼굴이 굳어버린다.
청소혜가 더듬거렸다.
"다, 다시 한 번 말해줄 수 있나요?"
추산은 알았다는 듯 고개를 끄덕이고 천장마벽진에 대해 설명했다.
모든 설명을 듣고 난 청소혜는 마른침을 삼켰다.
"대, 대단해요. 정말 놀라워요, 공자."
"아우, 뛰어난 인물이었구나. 비록 내 몸은 이래도 머리는 살아 있느니라. 하나같이 내 지혜에 감탄하고 혀를 내두르지만 유감스럽게도 천장마벽진에 대해 완전한 이해를 하는데 사흘 걸렸었다. 그것도 모두가 나 아니면 불가능한 일이라고 기절초풍했는데 아우는 고작 반 각도 되지 않아 깨우치다니.”

추산은 담담한 표정을 지었다.

여기서 한마디 더하거나 겸손을 떤다고 뒤로 빼도 옥에 티가 된다.

그저 가만있을 때가 가장 빛난다.

“아우!”

황보산이 손을 뻗었다.

추산은 다가가 한쪽 무릎을 구부리고 앉아 손을 내주었다. 따뜻한 손길이다.

“하루를 봐도 정이 가는 사람이 있고 백 년을 봤는데도 정이 가지 않는 사람이 있다고들 한다. 잠깐 반 시진 정도 봤는데 왜 이렇게 가슴이 울렁거리고 눈시울이 붉어지지.”

와락!

황보산은 추산을 끌어당겼다.

추산은 거부하지 않고 황보산의 가슴에 안겼다. 뜨거운 심장의 고동 소리와 부드러운 숨소리, 그리고 자주 햇빛을 보지 못한 음울한 기운이 느껴졌다.

“부탁 하나만 하자.”

황보산이 추산을 밀어내고 말했다.

추산은 고개를 끄덕였다.

“나와 어머니, 아버지 모두 슬프다. 아니지. 솔직히 말한다면 백부님에게 아주 분노해 있다. 그러나 그들 모두 내가 가장 사랑하는 가족들이다. 너무 미워하지 말거라."

"알겠습니다."

추산이 자리에서 일어나 청소혜를 보았다.

"도움, 감사 드립니다. 잊지 않겠습니다."

"도움이랄 것도 없는데, 그래요."

추산은 포권의 예를 취한 뒤 문을 나섰다.

청소혜가 뒤따라 나왔다.

"숨기는 것 있죠?"

뒤따라오던 청소혜가 물었다.

추산은 천천히 돌아섰는데 표정이 딱딱해져 있었다.

"노독수, 정말 빚쟁인가요?"

추산은 피식 웃음을 지었다.

"지금 막 생각해 낸 건데 아주버님이라는 분이 동생과의 약속을 지키지 않은 것은 아마 삼모님 때문이 아닌가 싶군요."

"무슨?"

"삼모님에 대한 황보세가 무사들의 존경심이 잘못되어 있을지도 모른다는 얘깁니다. 이렇게 사람의 심장을 관통하듯 정확히 읽어내는 안목을 지녔으니 어느 아주버님이 좋아하겠습니까?"

"호호호! 역시 내 추측이 맞군요."

"그렇습니다. 노독수는 빚쟁이는 아닙니다."

추산은 떠났다. 풀숲으로 사라지는 추산을 보며 청소혜는 중얼거렸다. 노독수가 누굴까. 목숨을 걸고 잡혀 들어온 것을 보면 보통 사이가 아닌 듯한데.

"거기서 뭣 하는 게요."

화들짝 놀라며 돌아서자 황보곤이 천천히 다가오고 있었다.

"여, 여보! 어떻게 됐어요, 침입자는?"

황보곤의 시선이 추산이 사라지는 곳을 바라본다.

"글쎄. 벌써 한 시진이 다가오고 있는데도 잡지 못했다는 것은 늦은 것 아니오."

"어딜 가시려구요?"

황보곤은 경장 차림에 죽립을 눌러쓰고 옆구리에 애도 추상(秋霜)을 차고 있었다.

"여보."

황보곤의 눈이 깊숙하게 가라앉는다.

"잠시 바람을 좀 쐬고 와야겠소."

흠칫!

청소혜의 두 눈이 떨림을 일으켰다.

황보곤은 나직한 목소리로 말했다.

"오래 걸리지 않을 것이오. 그간 전쟁터에 몸을 맡기느라 벗들의 안부도 궁금하고."

청소혜는 아무런 말도 하지 않고 그저 우두커니 서 있기만 했다.

"그런 눈으로 보지 마시오."

"그렇게 하세요. 나가서 바람도 쏘이고 그래야지요. 장부가 집 안에 박혀 있기만 해서는 좋을 일이 없지요. 친구 분들도 만나고 세상 돌아가는 것도 배우시고 그러다 집이 생각나거든 돌아오세요."

"고맙소. 날 이해해 줘서."

황보곤은 청소혜의 손을 감싸쥐었다.

"산아!"

나직한 목소리.

텅 빈 방 벽에 등을 기대고 앉아 있는 산.

"금방 올 것이니라. 어머니 편히 모시고 있거라."

황보산은 아무런 대꾸도 하지 않았다.

황보곤은 천천히 돌아섰다. 묘하게도 추산이 사라진 곳을 향해 걸어간다.

'난 알아요!'

청소혜의 눈가에 눈물이 맺힌다.

'이곳이 집이 아니라 최소한 당신에게는 우리라는 걸. 짐승 우리 말예요.'

그동안 황보곤은 황보황의 감시하에 갇혀 있었다. 이제 그가 집을 나갔다는 것은 모든 꿈을 접었으니 걱정하지 말라는 황보황에 대한 백기투항이었다.

바로 그 시각, 황보곤이 자신의 거처 도풍강수를 떠나는 순간 한 마리의 전서구가 허공을 날아갔다. 전서구는 미로와 같은 황보세가의 전각들을 하나하나 헤치고 날아가더니 이 층짜

리 조그만 목조 전각의 창틀에 내려앉았다.

푸드득!

날갯짓 소리에 창문이 열렸다. 전서구는 열린 문을 통해 안으로 들어섰으며 사내는 익숙한 동작으로 전서구 발목에 묶인 작은 전통에서 밀지를 꺼내 펼쳐 읽더니 안색이 변했다. 사내는 곧바로 밀지를 들고 어디론가 향했다.

밀지를 읽는 눈은 맑았다.

너무 맑고 깊어 어떤 감정을 읽어낼 수가 없었는데 지켜보던 사내는 고개를 갸웃거렸다. 밀지에 적힌 내용이 아주 짧은데 너무 오랫동안 바라보고 있기 때문이었다.

독수리 둥지 밖으로 날아감.

한 호흡도 읽을 거리가 되지 않는 글을 벌써 반 각 이상이라는 긴 시간 동안 보고 있는 중년인의 태도에 이해되지 않았다. 그러나 사내는 한 가지 사실을 퍼뜩 깨달았다. 중년인은 밀지를 읽는 것이 아니라 어쩌면 둥지를 떠난 독수리에 대한 처리 대책을 생각하고 있을지 모른다고.

그런데 놀라운 일이 벌어졌다.

자신의 예측을 뒷받침이라도 하듯 중년인의 입술이 열렸다.

"지금 남아 있는 홍운은 몇 개 조인가?"

홍운은 누가 뭐라고 해도 황보세가의 정예.

사내는 대답했다.

"모두 임무에 투입되어 속하가 알기로는 한 개 조밖에 남아 있지 않는 걸로 알고 있습니다."

"한 개 조라, 그것 가지고는 턱도 없지."

중년인의 눈이 가늘게 좁혀졌다.

이제야말로 때가 되었다.

한 집안에 두 마리의 호랑이가 있다보니 모든 것이 엉망이었다. 천하패업을 이루기 전에 두 마리의 호랑이를 한 마리로 만들어야 했다. 그런데 그 한 마리가 집 밖으로 나간 것이다. 집 밖은 수많은 적들이 우글거린다. 무슨 일이 생겨도 그 적들의 한 사람이 벌인 일로 생각할 것이기 때문에 이토록 흥분한 것이다. 기다리던 때가 바야흐로 왔다고 탁발환은 생각했다.

바로 그때 문이 열리고 황보악이 들어섰다.

"아무래도 그쪽이 수상쩍어."

황보악이 털썩 주저앉았다.

"도풍강수 말이오. 그쪽 도움 없이 놈이 어떻게 진을 빠져나간단 말이오?"

스윽!

말없이 밀지를 건네준다.

이게 뭐냐는 듯 탁발환의 얼굴을 한 번 바라보던 황보악이 밀지를 읽더니 안색이 급변했다.

"집을 나가다니, 그럼?"

"모든 것을 버린다는 의미지요?"

"그럼 아주 좋은 일 아니오?"

"사람의 마음을 왜 교활하다고 말하는지 아십니까? 자기 자신도 모르기 때문입니다. 지금은 모든 것을 버리고 홀가분한 마음으로 천하를 훨훨 날아다니겠다고 생각하겠지만 언제 누구를 만나 어떻게 마음이 변할지 모릅니다."

"하면!"

"아무리 맹호라고 해도 자기 터전을 벗어나면 맥을 못 추지요."

꿀꺽!

황보악은 마른침을 삼켰다.

탁발환이 말했다.

"맹호 쪽은 내가 알아서 할 테니 대공자께서는 이쪽을 맡아주십시오."

탁발환이 봉서 한 개를 내밀었다. 황보악이 봉서 안에 든 서찰을 꺼내 읽더니 표정이 변했다.

"당장 출발해야 하는 것 아니오? 아무리 빨라도 열흘은 걸릴 텐데?"

"주의할 것은 절대 근거를 남겨둬서는 안 된다는 것입니다."

"여부가 있겠소. 나도 그 정도는 아오이다."

"조심하십시오. 놈들은 늑대들입니다."

"흐흐흐!"

황보악이 음산한 미소를 지었다.

　　　　　*　　　　　*　　　　　*

　절강성에는 그 옛날 호림(虎林)이라 불리던 다섯 나라, 오(吳), 월(越), 전(錢), 무(武), 숙(肅)의 수도이던 곳이 있었다. 송나라 고종황제가 도읍을 이곳으로 옮겨 임안으로 고쳤다가 오늘에 항주로 불리우는 곳인데 그 아름다움이 지상의 최고였다.

　상유천당(上有天堂) 하유소항(下有蘇抗)이란 말이 있을 만큼 강소의 소주와 함께 명승지로 알려졌는데 그중 최고의 으뜸은 멀지 않은 곳에 있는 성과사(聖果寺)이다. 성과사는 봉황들이 노닐었다는 봉황산에 있는 절로 소림사에 버금갈 만큼 웅장하고 커서 한때는 남소림이라고 불린 적도 있었다.

　성과사에는 수많은 사람들이 몰려들어 있었다. 높이 십 장 너비 이 장의 목조 불상 안치식이 벌어지고 있었기 때문이었다.

　중생들로 하여금 모든 근심과 걱정에서 벗어나게 해줄 것 같은 환한 미소를 머금은 거대 목조 불상이 마침내 밧줄에 묶여 반듯하게 섰다.

　"와아아!"

　"웅장하구나!"

　엄청난 높이의 목조 불상이 똑바로 서자 구경오던 사람들이 함성을 질렀고 그 중 맨 앞에는 소림사에서 온 승려들이 도열하여 목탁을 두드리며 관세음보살을 외쳤다.

“관세음보살.”
“관세음보살.”

특히 가장 앞에 선 소림사의 방장이자 무림맹의 맹주인 공후 선사는 연신 손에 쥐고 있는 염주를 굴리며 한 가지 염원을 하고 있었다.

—석가세존이시여, 부디 자비를 베푸시어 천하가 평화롭고 더는 피를 흘리지 않는 태평성대의 계절이 올 수 있도록 해주소서. 소승의 덕이 끝없이 부족하오니 세존께서 발현하시어 천하를 움직여 다스리소서. 누구도 악심을 품지 못하게 하시며 새로운 반란세력이 있거든 우리 모르게 멸(滅)하소서. 인간의 욕망을 거두시고 끝없는 불심으로 천하가 가득해질 수 있도록……

공후 선사의 기도는 끝날 줄을 몰랐다. 땀을 흘리며 고행의 수도승이 되어 기도에 혼신을 다했다.

그런데 바로 그 순간.

성과사가 내려다보이는 봉황산 등성이 한 자락에 무사들이 초조한 얼굴로 나뭇잎과 바위 등을 엄폐물 삼아 숨어 있었다. 워낙 은폐와 엄폐가 완벽하여 보통 사람은 지나가도 제삼자가 숨어 있음을 알지 못하도록 그들의 은신술은 뛰어났다.

워낙 중대한 불사이기 때문에 모든 과정이 하루에 끝나지 않았다. 오늘로 벌써 사흘째이다. 그러다 보니 일하는 사람들은 물론이려니와 예불을 올리는 소림사 승려들 모두 사흘 동안 잠 한숨 자지 못하고 있었다.

흘긋!

바위가 움직였다.

아니 바위처럼 변장한 사내가 나뭇가지 사이로 떠 있는 하늘의 태양을 살핀다.

태양은 중천과 서편 중간에 떠 있었다.

단우태는 변장한 부하들을 향해 나직이 명령했다.

"시간이 다 되어가느니라. 얼마 남지 않았노라."

불사에 참여하는 사람들도 힘들지만 그들을 노리는 홍운의 이들도 힘들었다. 불사의 사람들처럼 잠도 자지 않고 자리를 뜨는 강행군을 하지는 않았지만.

오늘 거사에는 홍운의 스물두 개 조 중 스물한 개 조가 동원되었다. 각 조에 내려진 임무는 모두 다르다.

일 개 조에 일곱 명씩이므로 일백사십 명이 넘게 동원된, 싸움이라기보다는 전쟁이었다.

어느 부대이든 최정예가 목표 탈취를 맡는다. 아무리 훌륭한 작전과 빼어난 전략을 세웠어도 목표를 탈취하지 못하면 그 전쟁은 패한 전쟁이다. 더구나 목표를 탈취하지 못하면 다른 동료들의 사기와 실력에 악영향을 끼친다. 정예가 임무를 완수하지 못하고 나약한 모습을 보여주면 아무리 수가 많아도 그 전쟁은 지리멸렬 무너지게 되어 있다.

오늘 싸움의 정예는 광약이었다. 하나 목표 탈취라는 최고의 임무를 맡은 만큼 따르는 위험도 크다. 그래서 한 사람당 무려 황금 이백 낭이란 거액의 위험수당이 가족에게 전달되었다.

금전적 혜택뿐만이 아니라 많은 포상도 약속됐다. 그중 한 가지가 살인지서(殺人之恕), 황보세가에서 활동하다 실수가 됐든 고의가 됐든 동료의 생명을 앗아가도 두 번에 한해서는 용서가 되는 것이었다. 어디 그뿐인가. 직책도 한 단계씩 뛴다. 현재 단주 신분인데 성공을 하면 당주가 되는 것이다. 일개 조직원이 당주급이 된다는 것은 황보세가 사상 유래가 없는 일이었다.

그만큼 황보세가는 이번 작전에 가운을 걸고 있었다. 이번 임무를 성공리에 마친다면 향후 천하 정세는 물론 누구도 황보세가를 무림제일가로 인정하지 않을 수 없었다.

"거듭 말한다."

단우태는 말하였다.

"살려고 하지 말자. 살려는 생각을 갖는 순간 우린 패하게 되어 있다. 살려면 죽고 죽으려면 산다는 생각만 하자."

아무도 대답하지 않는다.

오로지 귀로 듣고 단우태만 말할 뿐이었다.

해는 빠르게 떨어졌고 사람들이 웅성거리며 불사는 막바지를 향해 치닫고 있었다.

보름달이 떠오르면 거대한 연등 하나가 밧줄에 묶여 목조 불상 머리 위에 떠오르는 것으로 불사는 막을 내린다.

그것이 신호이다. 자비와 다산의 상징 연꽃으로 만든 등이 피를 부르는 신호인 것이었다.

둥둥둥!

해가 떨어지고 북소리가 울리기 시작했다. 법고에 이어 잠시 후 범종이 울린다.

뎅뎅뎅!

둥둥둥!

법고와 범종이 마주 섞이며 성과사와 봉황산은 장엄한 자비의 축복 속에 빠져들었다. 그러나 시간이 흐르고 어둠이 짙어올수록 살기 또한 충천해졌다.

탁탁탁탁!

법고와 범종이 울리고 소림에서 파견된 승려들의 목탁은 더욱 바빠졌다.

"즉설주완 아제아제!"

"즉설주완 아제아제!"

성과사 승려들까지 하여 외치는 커다란 독경에 절은 떠나갈 듯 했고 감격에 겨운 일부 향객들은 눈물까지 흘렸다.

장중하고 거룩한 독경 소리가 어둠을 뚫고 산등성이에 닿았다.

아직 보름달은 떠오르지 않았다.

단우태는 마른침을 삼켰다.

　평상심을 되찾으려고 해도 자꾸 마음이 진정되지 않는다. 지금까지 수많은 위험을 헤쳐 나왔지만 어쩌면 오늘이야말로 진정한 위험일지도 모른다는 생각에 전에 없이 손바닥에 땀까지 찬다.

　"저기!"

　누군가 외쳤다.

　단우태는 본능처럼 동쪽 하늘을 보았다.

　저 멀리 봉황산 제삼봉 명서봉 줄기로 붉은 구름 한 점이 삐쭉 모습을 드러냈다.

　달이었다.

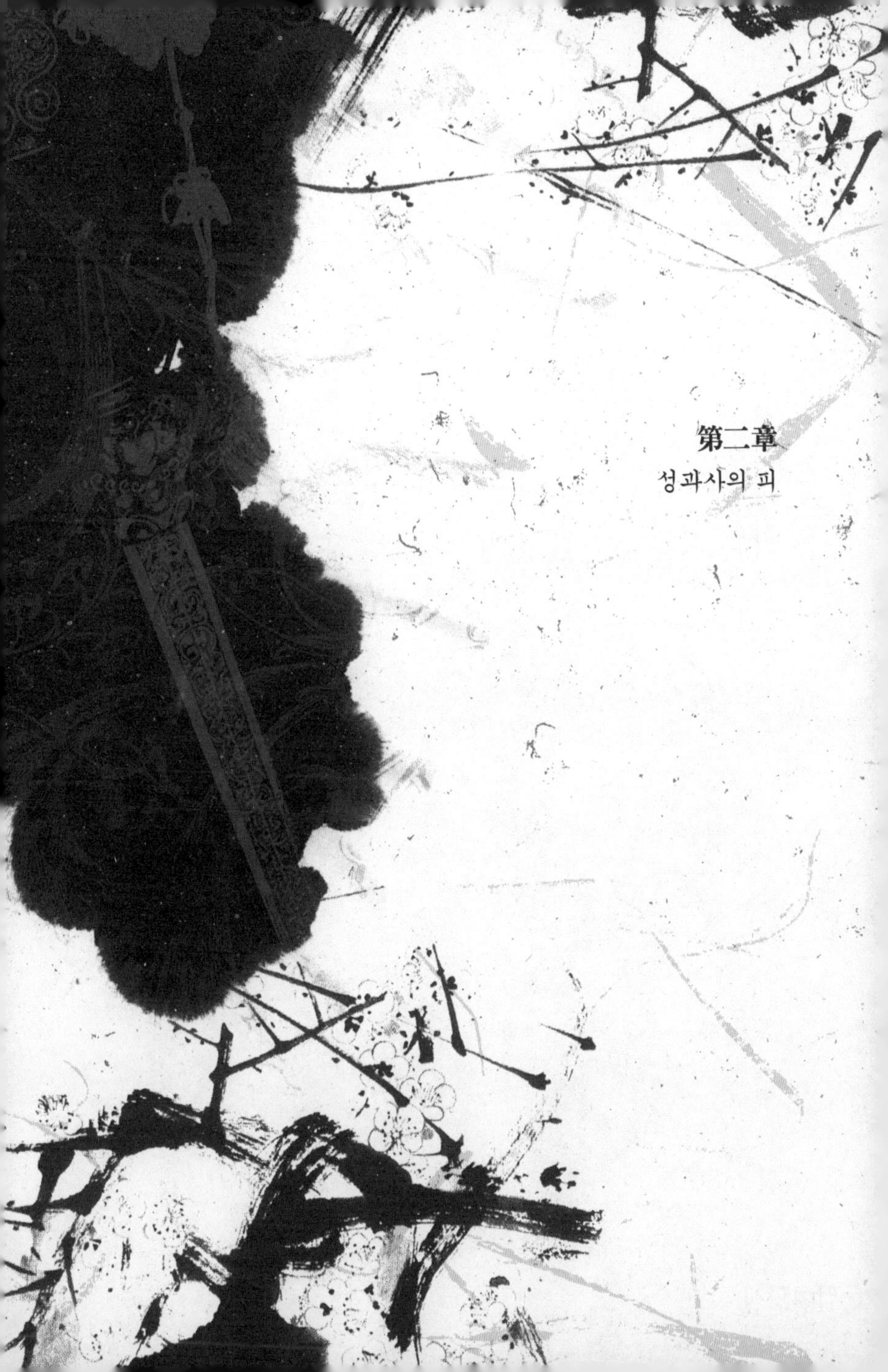

第二章
성괴사의 피

검명도살

　그러나 아직은 아니었다. 보름달이 완전히 제 모습을 갖추고 불상위로 연등이 떠오를 때이다.

　단우태는 달에서 눈을 떼지 않았다. 평소에는 그토록 빨리 솟구쳐 오르던 달이다. 그런데 오늘은 누군가 밑에서 힘껏 잡아당기고 있는 듯 요지부동이었다.

　그러나 조금씩 제 모습을 드러내고 있었다.

　얼마 지나지 않아 보름달이 명서봉 위로 완전히 제 모습을 갖추고 떠올랐다.

　"저길 보십시오."

　이번에는 성과사 쪽으로 고개를 돌렸다.

　한 개의 연등이 천천히 밧줄에 밀려 불상위로 끌어올려지고 있었다. 아직도 아니었다. 연등이 불상의 머리 위에 올려질 때가 바로 공격 시점이었다.

연등이 올라가고 공후 선사가 불상 앞에서 써놓은 발원문을 읽기 시작했다. 어두웠지만 심후한 내공으로 인해 두 눈은 횃불처럼 타올랐고 힘있는 음성이 좌중을 짓누르며 퍼져 나갔다.

"아미타불!"

"오오! 선사님!"

여기저기 감격에 겨운 향객들의 감탄성이 터져 나왔다.

성과사에 다니는 향객들은 물론이려니와 천하의 안녕을 비오나니 원을 들어주십사 하는 내용의 축원문이 끝나는 순간 마침내 연등은 불상의 머리 위에 정확히 올려졌다.

바로 그 순간이었다.

쉬익!

바람을 가르는 소리가 들리더니 퍽 하며 연등이 사라졌고 실내는 어둠에 빠졌다.

쉭!

쉬이이익!

어둠을 찢는 파공음.

"컥!"

"으악!"

이어 들려오는 비명 소리에 공후 선사의 눈이 커졌다.

"화살이니라. 모두 엎드리거라."

소림사 승려들은 무공이 강하다. 그러나 성과사 승려들 대부분은 호신술 차원의 무예 정도밖에 지니지 못했고 더욱이 향객들은 일반인들이었다.

일반인들의 능력으로 화살을 피한다는 것은 애초부터 불가능하고 오직 엎드리는 것말고는 없었다. 하지만 워낙 많은 사람들이 몰려 있다보니 일사불란해질 수가 없었다.

슈슈슉!

슈아아아악!

화살은 사방에서 집중적으로 쏟아졌고 향객들은 날뛰며 도망치려 했다. 그러다 보니 서로 밟히고 넘어지면서 삽시간에 장내는 아수라장으로 변했다.

화살의 피해는 향객들뿐만 아니었다.

사흘을 굶고 끝없는 독경과 예식만을 올린 소림사 승려들에게도 몰아쳤다.

바람 소리를 듣고 장력을 쳐냈지만 한발 늦었다. 더구나 이러저리 날뛰는 향객들에 의해 도무지 공격을 제대로 할 수가 없었다.

—살마궁(殺馬弓)이다.

살마궁은 천마문의 병기이다. 천산의 드넓은 눈과 초원에서 뛰어노는 야생마는 일반 말에 비해 덩치가 두 배쯤 크고 속도 또한 한혈마 따위는 따를 수 없을 만큼 빠르다. 그런 야생마를 잡기 위해 개발한 활이 살마궁이었다.

호신강기를 뚫고 빛보다 빠르며 거대한 말도 한 방이면 비명횡사를 면치 못하거늘 한낱 사람이 버틴다는 건 불가능했다.

"크악!"

"악!"

소림사 승려들까지 썩은 짚단처럼 무너져 내리기 시작했다. 더욱 불길한 일은 사흘 동안 잠을 제대로 자지 못해 그로 인해 체력이 떨어져 있다는 것이었다.

다행스러운 건 만약을 몰라 백팔나한을 오십 리 밖에 있는 선하령에 진주시켜 놨다는 것이다. 백팔나한을 성과사 안으로 데려오려고 했지만 실패했다. 새롭고 원대한 불사를 봉행하는 데 피를 대비하는 무승들이 참석한다는 것은 신성을 짓밟는 행위라는 것이 성과사 측의 이유였다. 공후 선사 또한 그들의 말에 일리가 있다고 판단되어 들어오지 못하도록 했는데 이런 불상사가 생길 줄이야.

—노납을 노리고 있다.

물론 이곳에 있는 승려들도 무공이 높지만 공부에 치중하는 선승들이다. 오로지 무공만 닦는 백팔나한과는 차원이 다르다.

"용우 있느냐?"

공후 선사는 시좌를 불렀다.

"용우, 용우는 어디 있느냐?"

"저 여기 있습니다. 방장 스님!"

스물 중반 가까운 승려가 피투성이가 되어 나타났다. 팔뚝에 한 개의 화살을 맞았는데 고통스러운 듯 인상을 쓰고 있었다.

"뽑지 말거라."

뽑으며 피가 더 난다. 약이 있다면 지혈을 하고 약을 바르겠지만 지금 상태에서는 박힌 채로 놔두는 게 당분간은 현명한 일이다.

"당장 백팔나한에 기별하라. 어서."

슈슈숙!

"아이고!"

옆에서 한 승려가 비명을 지르며 쓰러진다.

"빨리 가거라."

"예, 방장 스님!"

용우는 고통을 무릅쓰고 사람들을 헤치고 나아갔다. 화살은 그야말로 빗발치듯 쏟아졌다.

―아미타불! 과연.

적은 필시 이쪽을 완벽하게 포위했을 것이다.

그 포위망을 용우가 뚫을 수 있느냐가 관건이었다.

용우는 사람들을 뚫고 나아가기 시작했다. 어둠이 갈수록 깊어지고 화살은 시간이 흐를수록 더욱 거세어진다. 조금 전까지 자신과 같이 독경을 했던 사형제들의 죽음을 보며 용우는 피눈물을 흘렸다. 쓰러지는 사람들을 헤치며 나아가던 용우는 일주문 앞까지 이르렀다. 불사 현장에서 일주문까지의 거리는 상당한데도 도망치는 향객들로 인산인해이다.

바로 그때였다. 거대한 폭음이 울리더니 일주문이 통째 날아가 버렸다.

꽈아앙!

거대한 폭발은 한 번으로 끝나지 않았다.

꽈— 과가강!

일주문이 완전히 폭삭 무너져 내리면서 일단의 무사들이 밀물처럼 밀려들어 왔다.

"쳐라!"

뛰어든 무사들의 숫자는 족히 오십 가량.

그들은 부상을 입고 겁에 질려 집으로 돌아가는 향객들을 향해 무차별 칼을 휘둘렀다.

"칵!"

"으악!"

상대는 중창 불사를 구경하고 소원을 빌기 위해 상과사를 찾아온 일반인들이다. 그들이 무공을 알 리 없고 설혹 알고 있다고 해도 황보세가의 정예인 홍운의 상대가 될 리가 없었다.

반항 한 번 하지 못하고 향객들은 쓰러졌다.

속수무책!

"남기지 말라. 한 놈도 빠뜨리지 말고 도륙하라."

우두머리로 보이는 사내로부터 냉혹한 명령이 떨어졌다. 무사들은 침착했다. 자신들의 상대가 되지 않는다고 해서 칼이 난잡하거나 대충 휘두르는 법이 없었다.

절정의 고수를 상대하듯 사혈과 치명적인 급소만을 노렸고 최선을 다해 목을 베고 몸을 꿰뚫었다.

―향객 속에 섞여 도망칠 수 있다.

일반인들인 줄 알면서도 도륙을 멈추지 않는 이유였다.

콱!

촤악!

피가 튀고 비명이 메아리쳤다.

―죽일 놈들!

용우는 다급했다. 적은 결코 자신을 포기하지 않을 것이다. 어찌해야 할까. 싸워야 하는지 운명에 모든 것을 맡기고 향객 속에 묻혀 지나가야 하는지.

불끈!

용우는 향객 속에 묻히기로 결정했다. 어떻게 하든 적이 휘두르는 칼에 맞지 않아야 한다. 그러나 적은 청소하듯 쓸어오고 있었다.

─아미타불! 천벌을 받을 놈들!

단 한 명도 살아 산문 밖으로 도주하는 사람이 없었다. 적은 고수다운 냉정함과 침착함을 겸비했고, 결코 서두르지 않고 밀려나오는 향객들을 한 명씩 단호히 베어갔다.

─안 되겠다!

어차피 죽음을 피할 수 없다고 용우는 판단했다.
개죽음을 당하느니 공격을 하기로 했다. 그러나 일반적인 공격이 아니라 기습으로 치고 도망치는 것이다. 일방적인 공격자들에게는 방심이라는 현상이 나타나는데 용우는 그 점을 이용하기로 한 것이다.
퍼버버버!
가죽 북 터지는 소리, 그러나 그것은 살아 있는 자의 내장이 파열될 때 흘러나오는 파육음이었다.
"크윽!"
두 향객이 바닥을 나뒹굴었다.
"가랏!"
칼을 쳐드는 무사를 향해 용우의 쌍장이 뻗어갔다.

"헙!"

쌍장을 펼치면서 용우는 헛바람을 삼켰다.

상대는 전혀 당황하거나 동요하지 않고 자신의 쌍장을 칼로 맞받아 쳤기 때문이었다.

퍼퍽!

"헉!"

비틀거리며 물러나는 용우를 향해 사내의 칼이 빠르게 수평으로 찔러 들어왔다. 그대로 있으면 목젖에 구멍이 뚫릴 것이었다. 더구나 지면에 워낙 시신이 많아 몸의 중심이 흔들렸다.

발이 시체를 건드리면서 중심을 잡지 못하는 틈을 노리고 칼은 어느새 지척이었다.

빡!

방법은 맞받아 치는 것.

하나 중심을 제대로 잡지 못하고 쳐냈기 때문에 용우의 몸은 바닥을 뒹굴며 시체 위로 나자빠졌다.

콰아아!

사내의 칼은 바람처럼 떨어진다.

푹!

용우는 피하지 못했다. 가슴이 쩌억 벌어지며 붉은 피가 칼을 휘두른 사내의 얼굴을 덮어버렸다.

적은 궁공(弓功)을 끝내고 칼을 휘두르며 쳐들어왔다. 그러는 가운데 일단의 무사들이 도망치는 향객들을 헤치며 목조 불상이 세워진 곳을 향해 다가서고 있었다. 그중 맨 선두에는 추작도가 있었는데 그의 시선은 소림사 승려들의 호위를 받고 있는 공후 선사에게 멎었다. 오늘 밤 추작도에게 내려진 임무는 한 가지이다.

　—공후척살!

　추작도를 비롯한 광약의 임무는 공후 선사였다. 주위에 어떤 변고가 생겨도 개입할 수 없고 개입해서도 안 된다. 향객들 틈에 섞여 나가는 소림사 승려들 모습이 간간이 눈에 띄었지만 누구도 제재하지 않았다. 그런 자들은 척살조가 책임질 일이지 자신들의 목적은 다르다. 이럴 때일수록 무조건 주어진 임무에만 충실해야 한다.

　"컥!"
　"크어억!"
　공후 선사를 에워싸고 있는 승려들 숫자는 갈수록 줄어들고 있었다. 척살조가 향객들과 동문 사형제들을 베며 다가오자 도움을 주려다보니 어쩔 수 없었다.

　—대단하군!

　추작도는 사람들을 헤치고 나아가며 감탄을 금치 못했다.
　이 정도 난리 상황이면 아무리 백전노장이라고 해도 당황하거나 자신이 먼저 살겠다고 도망치든지 할 것이었다. 그러나 공후 선사는 미동도 하지 않고 횃불 같은 안광을 내뿜으며 좌중을 둘러보았다.

향객들은 거의 도륙되었고 소림 승려들도 팔 할 가까이 죽임을 당했다.

더 이상 비명도 들려오지 않는다. 오로지 죽이는 자의 칼놀림만 어둠을 부수고 있었다.

싸각!

싹둑!

피가 튀고 선혈이 흘러 땅바닥은 피바다가 되었다. 아무리 강한 집단이라고 해도 싸움은 한쪽의 피해만 양산하지 않는다.

홍운의 무사들도 하나둘 쓰러져 숨을 거두었다. 그러나 놀라운 건 누구 하나 입에서 비명을 토하지 않았다는 것이었다. 죽는 것이, 그리고 흘리는 비명이 명예와 자존심에 큰 누가 되는 양 그들은 조용히 몸을 땅바닥에 뉘였다.

처음 일백사십 명이었는데 많이 줄어들었다. 그러나 향객들과 소림사 승려들은 더욱 줄어들었다. 이제 향객들은 찾아볼 수가 없었고 간간이 소림사 승려들만 위태롭게 격전을 치르고 있었다.

일당백!

홍운은 물러섬이란 없었다.

철저한 공격일변도의 칼에서 그들이 죽음을 두려워하지 않고 있음을 알 수 있었고 기어이 해내리라는 결심을 엿볼 수 있었다. 강한 데다 죽음까지 두려워하지 않으니 상대가 될 리 없었다.

"으음!"

공후 선사 몸에는 적지 않은 상처가 생겼다.

오늘밤 일이 심상치 않다는 것을 절감했다. 사태가 예상 밖으로 위험했고 반드시 살아나가야 한다는 사실을 느꼈지만 파상적으로 몰아치는 적의 공격은 폭풍이었다.

꽝!

쫘아아아!

혼신을 다한 수미불면장.

그러나 잠시 밀려나갔다가 파도처럼 밀려오는 흑의사내들 앞에 공후 선사는 처음으로 공포를 느꼈다.

바로 그 순간 뭔가 기이한 기운이 옆구리를 노리고 파고들었다. 처음에는 등 뒤에서 적과 싸우고 있는 제자 망공이 뻗는 금강반야장의 기세인 줄 알았다. 하나 이내 고개를 저었다. 금강반야장은 웅혼하다. 그런데 지금 옆구리를 파고드는 기운은 뭐랄까, 아무런 느낌 없이 몹시 메말라 있었다. 생명이 끊긴 자가 다가오는 것 같은 느낌에 자신도 모르게 고개를 돌렸다.

"헉!"

공후 선사는 보았다.

한 사내가 자신을 찌르고 있었다. 단순한 칼인데 어찌나 빠른지 돌아섰을 땐 이미 늦었음을 깨달았다. 도대체 저런 자가 아무리 어수선한 싸움 중이라고 해도 이렇게 지척에까지 접근하는데 자신이 몰랐다는 것이 이해가 안 되었다.

"감히!"

공후 선사는 분노하며 장력을 뻗었다. 늦었을 때는 피하는 것이 아니다. 바로 맞장을 떠버리는 것이었다. 그렇게 되면 상대의 공격을 맞지만 상대 또한 완전히 피하지는 못한다.

살은 주되 뼈는 빼앗는 것이다.

푹!

퍼억!

예상대로 추작도의 칼은 공후 선사의 옆구리를 뚫었다. 그러나 추작도 또한 피하지 못했다.

"음!"

"으!"

둘 모두 짧은 신음을 흘렸다.

쿵!

퍼어억!

공후 선사 주위에 있던 소림의 승려들이 무너진다.

광약의 무사들 짓이었다.

"아미타불! 좋은 칼이오."

"고맙습니다."

쉭!

추작도의 칼이 다시 바람을 일으켰다.

눈부시다. 너무 빨라 육안으로 분별하기에는 무리이고 오로지 본능이 시키는 대로 공후 선사는 왼발을 뒤로 일보 후퇴하면서 몸을 좌측으로 틀었다.

이어 오른손을 뻗어 장력을 뻗는다. 모든 것이 본능대로이지 눈으로 보고 움직인 건 없다.

싸악!

딱!

장력이 밀리는 기분이 드는가 싶더니 가사 자락을 베며 지나가는 칼이다.

―이럴 수가!

세상에서 가장 약한 칼이 찌르는 것이다.

그것도 측면으로 비켜나 도신을 때리면 천하없는 칼도 방향을 틀어버린다. 그에 반해 베거나 치는 칼은 힘이 실려 어지간한 장력 따위에는 꼼짝도 하지 않는다. 그런데 지금 정확히 쳤는데도 칼은 자신의 앞자락을 베었다. 왼발을 빼고 몸을 돌리는 동작이 조금만 늦었다면 복부의 절반은 잘렸을 것이었다.

대체적으로 빠르면 가볍다. 그런데 사내의 칼은 빠른 데다 자신이 발작적으로 후려친 칼에도 그다지 방향을 많이 틀지는 않았다. 불현듯 한 가지 말이 떠올랐다.

―뇌중(雷重).

달마칠십이절예에 있는 말이었다.

뇌는 무거운데 빠르다는 뜻으로 일반적으로 빠르면 가볍다는 인식과는 배치되는 의미이다. 수많은 소림의 고승들 또한 달마가 남긴 뇌중의 의미를 해석하기 위해 노력했지만 모두가 실패했다. 실패의 이유는 간단했다. 아무리 빠름을 얻었지만 무거워지기는커녕 더욱 가벼워져 조그만 장력에도 쉽게 틀어지거나 방향을 잃었기 때문이었다. 하나 달마는 분명히 '뇌중' 이라는 말을 언급했다.

뇌전은 뜨거울 뿐만 아니라 무겁기까지 하여 어지간한 것은 부러뜨리고 초토화시켜 버린다.

—설마 이자가 뇌중의 경지에!

공후 선사는 물었다.

"너는 누구냐? 내가 누군지나 아느냐?"

추작도는 담담한 얼굴로 말했다.

"물론 소림의 장문인이자 무림맹주라는 것을 알고 있습니다."

"나를 죽이면 어떤 사태가 생기는 것도 알고 있겠구나, 그럼?"

그것은 추작도뿐만 아니라 배후까지 발본색원되어 누구도 살아날 수 없다는 경고였다.

"압니다."

그것이 전부였다.

추작도는 다시 덤벼들었다.

순간 공후 선사의 백미가 찌푸려졌다. 세상에 이런 일이 또 있을 수 있단 말인가. 제아무리 배짱을 지닌 사람도 소림의 장문인이라는 말 한마디면 흔들린다. 거기다 무림맹주의 자리까지 차지하고 있는데도 조금 전보다 더 신랄하게 파고든다.

지금까지 이십여 번의 암살 위협을 모면했다. 모두가 최고의 솜씨를 지닌 자들이었지만 막상 자신과 맞서면 상대는 오금을 펴지 못했다. 실패의 이유가 자신의 뛰어난 무공이라기보다는 양어깨에 드리워진 소림의 장문이라는 권위와 무림맹주라는 것이 자객들을 숨죽이게 만들어버린 것이었다.

그런데 추작도는 다르다.

쉭!

정말 빠르다.

어둠이 도신을 상당히 숨겨준 역할을 하기 때문에 더 빠르게 보일지 모르지만 천만의 말씀이었다. 그것은 어느 정도 빠른 칼에 한정된 말이었다. 진짜 빠르면 오히려 빛이 난다. 그런데 추작도의 칼은 놀랍게도 지나고 나서야 작은 반딧불 같은 광채가 있었다가 사라졌다.

꽝!

둘의 공격이 부딪혔다.

하지만 이번에도 한발 늦었음을 공후 선사는 느껴야 했다. 왼쪽 가슴이 따끔했기 때문이었다. 보지 않아도 가슴이 베어졌을 것이었다.

슈슈슉!

연거푸 찔러오는 칼에 공후 선사의 몸은 점점 상처를 입기 시작했다.

근처 수하들 또한 광양의 무사들에 의해 거의 절멸되다시피 하고 있었다. 한눈에 철저히 역할 분담을 하여 오늘 거사를 진행했음을 알 수 있었다.

특히 도법도 뛰어난데다 죽기를 각오하고 달려드니 소림의 제자들은 상대가 될 수 없었다. 이 상태로 나가다가는 자신을 비롯해 전멸을 당할 것이 뻔했다.

"아미타불!"

사자후가 터져 나왔다.

그것은 꺼져가는 심지의 불을 세차게 타오르는 역할을 했다. 그러나 기름이 바닥난 심지의 불은 오래 버티지 못하고 이내 다시 수그러지고 말았다.

자기 한 목숨이 중요한 것이 아니었다. 자신의 죽음 뒤에는 천하를 노리는 음험한 의도가 깔려 있으리라. 흉수를 밝혀 반드시 놈들의 야욕을 가로막아야 한다.

그러기 위해서는 쓰러질 수 없다.

하지만 상대는 더욱 세차게 몰아쳤다.

팟!

그러다 한순간 공후 선사의 눈이 커졌다.

―내가 어찌 그 생각을!

생각이 떠오르자마자 공후 선사는 두 눈을 감아버렸다.

상대의 칼은 너무 빠르다. 그 대신 자신의 눈은 어둠이 보호역할까지 해주는 상대의 칼을 잘 보지 못하고 있었다.

보면 자꾸 눈에 의지하는 공격을 하게 된다. 그러나 보지 않으면 몸이 반응하는 공격을 펼칠 터.

쉬익!

왼쪽으로부터 느껴지는 기운.

그건 여지껏 자신의 몸을 할퀴고 가른 칼이었다.

탁!

하나 본능보다 더 빠른 칼이기에 도저히 장력으로 응수할수 없었다.

화악!

추작도의 눈이 커졌다.

상대가 설마 칼을 맨손으로 잡아버릴 줄은 몰랐다.

손잡이와 칼날이란 차이는 있지만 도객에게 칼이 적의 손에잡혔다는 것은 좋은 일이 되지 않았다.

스으으!

매섭게 칼을 흔들었다.

예리한 칼날을 이용해 손바닥을 절단해 버리겠다는 의도.

하나 칼은 놀랍게도 꼼짝도 하지 않았다.

―아차!

추작도는 속으로 깨달은 바가 있었다.

비록 부상을 입었지만 공후 선사의 내공이 심후하다는 것이었다. 자신의 아래가 아니므로 죽을 각오를 하고 쥐어버린 이상 움직이지 않는다는 것이었다.

예상을 뒷받침이라도 하듯 아무리 칼을 당기고 흔들어도 요지부동이다.

"크악!"

"악!"

귀에 익은 비명들이 들려온다.

광약의 무사들이 쓰러지는 소리이다.

두 사람의 칼을 잡고 당기는 싸움은 한동안 계속되었다. 그러나 일각이 흐르고 이각이 흘러도 누구도 유리한 상황으로 이끌어내지는 못하고 있었다. 칼자루를 잡았는데도 유리하지 못하다는 것은 공후 선사의 내공이 자신의 위라는 뜻이었다.

순간 추작도의 눈이 빛났다.

이렇게 된다면 한 가지 방법뿐이었다.

칼의 손잡이를 놓고 번개처럼 공후 선사의 허리를 끌어안았다.

화악!

추작도가 칼을 놓아버릴 줄은 꿈에도 몰랐기에 공후 선사는 추작도에게 허리를 붙잡혔다.

추작도는 허리를 끌어안은 채로 공후 선사를 밀어붙였다. 처음에는 넘어지지 않으려고 뒷걸음질을 하다 시신에 걸려 넘어졌다.

쿵!

넘어지는 순간 추작도의 머리가 있는 힘껏 공후 선사의 면상을 찍었다.

콱!

"윽!"

공후 선사는 정면으로 얼굴을 박혔다. 잠시 정신을 차리지 못하는 사이 추작도는 번개처럼 양손으로 공후 선사의 좌우 손목을 거머쥐어 옴짝달싹하지 못하게 했다.

퍼퍽!

손을 장악한 추작도는 연거푸 두 번을 더 박았다. 공후 선사는 자신도 박아야 한다는 사실을 깨달았다.

빠아악!

공후 선사 또한 누운 자세에서 있는 힘껏 찍었다.

그러나 바닥에 등을 대고 누운 사람과 배를 깔고 엎어진 사람에게는 한 가지 차이가 있었다. 상대를 공격할 수 있는 각에서 큰 차이가 있다는 것이다. 뿐만 아니라 위에 있는 사람은 피할 공간도 좀더 여유롭고 넓다.

하나 위에 있는 사람이 지닌 가장 큰 특징은 힘이었다. 밑에 있는 사람은 고개 정도만 들어 찍지만 이쪽은 허리까지 이용한 내려찍는다는 장점이었다. 뭐든지 내려서 찍는다는 것은 올려 찍는 것보다 수배의 힘을 실을 수가 있었다.

빡!

퍽! 빡! 퍽!

더구나 추작도는 이런 잡투에 수많은 경험을 가지고 있는 반면 공후 선사는 단연코 처음이었다. 잡투도 내공이 승패를 좌우하는 큰 지름길이긴 하지만, 더욱 중요한 것은 요령이었다.

빡, 바바박!

힘껏 찍더니 연이어 머리를 잘게 세 번을 찍어가는 추작도.

추작도가 한 번 찍고 머리를 들면 그 틈을 놓치지 않고 찍으려 했던 공후 선사는 연이어 잘게 찍는 세 번의 박치기에 끌어 올렸던 힘이 풀리고 말았다.

퍼퍽!

그러자 또다시 이어지는 박치기.

콱!

오랜만에 한 대 박았지만 영 서툴다.

─아, 아귀로다. 무서운!

공후 선사는 소름이 와락 끼쳤다.

죽음이 두려운 것이 아니라 끈질기게 물고 늘어지는 추작도의 근성에 무서움이 밀려든 것이다. 마치 지옥의 아수라가 살아나오면 이런 식의 싸움을 벌일까 싶었다.

"끄욱!"

갑자기 아랫도리가 후끈했다.

왼손을 쥐고 있던 추작도의 오른손이 공후 선사의 낭심을 거머쥔 것이었다.

천하없는 장사도 그곳을 잡히면 꼼짝 못한다.

"으으으!"

턱이 떨려오고 온몸에 힘이 쭉 빠져 버렸다.

추작도는 있는 힘껏 잡아당기기 시작했다.

쇄분고환.

쇄분고환은 부숴 버리는 것이지만 뜯는 것도 들어간다. 잡투의 종류 중 가장 잔인하고 완전성을 지닌 무공.

"끄어어어!"

공후 선사의 입에서 비명이 흘러나왔다.

공후 선사는 모든 내공을 그곳에 모아 방어에 나섰다. 그러나 추작도의 당기는 힘이 방어 능력을 앞서고 있었다. 더구나 방어 동작이라는 것이 너무 단순했다. 엉덩이에 힘을 주고 양다리를 오므리는 것말고 다른 방법은 없었다.

추작도는 있는 힘을 다해 잡아당겼다.

땅에 누워 있기 때문에 엉덩이를 뒤로 뺄 수도 없었다. 공후 선사는 안간힘을 다했지만 점점 밀려오는 고통에 힘이 빠지기 시작했다.

"꺼억! 꺼어억!"

투두둑!

뿌리가 뽑히는 소리가 들려왔고 공후 선사의 몸은 벌벌 떨리기 시작했다.

부들부들!

우두두두!

"아, 아미타부우울!"

마지막 불호인 듯 목소리가 심하게 떨려 나온다.

촤아아!

가사와 함께 묵직한 핏덩이가 뜯어졌다.

"꺼— 르륵!"

공후 선사의 고개가 옆으로 돌아갔다.

추작도는 방심하지 않았다. 워낙 강호 경험이 풍부한 인물이고 절세의 고수이다.

동료들과 홍운에서 광약 다음으로 강한 혈수조가 미리 공후 선사를 공격하여 그의 능력을 상당 부분 흐트러뜨려 놓지 않았다면 혼자 힘으로 그를 죽인다는 것은 불가능했다.

추작도는 일어섰다.

흠칫!

일어선 추작도는 소스라쳤다.

그 많던 소림사 승려들이 모두 시체가 되었고 광약 또한 두 명이 살아 있었다. 그런데 그들 또한 금방이라도 숨을 거둘 듯 주저앉아 헐떡거리고 있었다.

"양삼!"

동양삼이 옆구리로 흘러나온 내장을 안간힘을 다해 밀어넣고 있었다.

"도, 독수!"

동양삼이 쓰러진 공후 선사를 보며 미소를 지었다.

"역시 너는… 달라."

"모두 죽었나?"

그때 칼을 지팡이 삼아 단우태가 절뚝거리며 다가오고 있었
다.

"단주님!"

"독수 아니냐? 그 늙은 땡초는 어찌됐어?"

말을 하다 말고 쓰러진 공후 선사를 발견한다.

와락!

한 손으로 추작도의 어깨를 끌어 안았다.

"이 자식, 과연 넌 위대한 놈이다. 여지까지 너 같은 놈은 처
음 보았다."

단 세 사람.

일백사십 명이 출동하여 일백서른일곱 명이 죽었다.

궁수들도 나중에 공격에 가담하여 하나같이 양패구상이 된
것이다.

그러나 추작도를 제외한 단우태와 동양삼은 상태가 심각했
다. 빨리 의원을 찾지 않으면 밤을 넘기지 못할 것 같았다.

"가자!"

추작도가 동양삼을 부축했다.

그러자 스윽 하며 손을 빼낸다.

왜 그러느냐는 듯 추작도가 쳐다본다.

동양삼이 자신의 상처를 보인다.

"눈이 있으면 봐."

"살 수 있어. 내게 업혀."

동양삼이 히죽 웃는다.

"알고 보면 너라는 놈 정이 많아. 싸울 때는 가장 앞장서서 피도 눈물도 없이 칼을 휘두르지만 어쩔 때 보면 어린 아이보다 더 순수해."

"네놈이 뭘 안다고."

"우헤헤, 얼굴은 왜 빨개지느냐?"

"닥치고 업혀."

동양삼이 다시 피하며 단우태를 향해 입을 연다.

"조장님."

"말하라."

"그만 가보겠습니다."

"그 정도로 심각하느냐?"

"내 두 눈으로 임무 완수했음을 보고 싶어 감기려는 눈을 악착같이 뜨고 있었… 지… 요."

털석!

동양삼이 땅바닥에 주저앉았다.

감싸고 있던 내장이 밖으로 꾸역꾸역 흘러나왔다.

동양삼은 거친 숨을 내쉬었다.

"도, 독수. 즐거웠네. 광약에서의 생활, 내 평생 잊지 못할 거야……. 조장님, 이제 그만 정체를 밝히시죠. 혼, 혼인 하셨다는 말씀 거짓말이라는 것 다 압니다.”

풀썩!

동양삼은 옆으로 힘없이 쓰러졌다.

두 사람은 죽은 동양삼을 말없이 바라보았다. 추작도는 두 눈을 뜨고 있는 동양삼의 눈을 손으로 감겨주고 중얼거렸다.

“언젠가 내게 물었지. 인생이라는 게 무엇일까 하고?”

추작도는 나직이 말했다.

“이제 대답해 주겠다. 인생, 그거 좆이야.”

한참의 침묵이 흘렀다.

“가자!”

단우태가 재촉했다.

추작도는 일어났다.

둘은 다시 한 번 죽은 동양삼을 바라본 후 천천히 성과사를 떠났다.

하지만 둘의 발걸음은 무너진 일주문 앞에서 멈춰야 했다. 무너진 일주문 앞에 일단의 무리가 진을 치고 있었기 때문이었다. 두 사람은 약속이나 한 듯 긴장하며 눈을 부릅떴다. 혹시 누군가 빠져나가 소림사 백팔나한에게 연락을 취했을지 모른다는 생각이 들었기 때문이었다. 아무리 완벽한 포위망을 구축하여 쥐새끼 한 마리 빠져나가지 못하도록 했다고 해도 사람이 하는 일이었다.

서릿발처럼 긴장으로 일어났던 두 사람의 눈빛은 이내 가라앉았다.

앞을 막고 선 사람은 염려하는 소림의 백팔나한이 아니라 황보악을 필두로 하는 황보세가의 인물들이었다.

"역시 광약이다. 너희들이 해낼 줄 알았다."

황보악이 말했다.

"으음!"

단우태가 가벼운 침음성을 터뜨리더니 흘긋 옆에 서 있는 추작도를 살폈다. 추작도 또한 때맞춰 단우태를 돌아보았으므로 두 사람의 시선은 뒤엉켰다. 부딪친 두 사람의 눈빛은 강하게 출렁거리고 있었는데 그것은 어떤 불길함을 암시하고 있었다.

"나머지는 어디 갔느냐? 설마 모두 죽었단 말이냐?"

단우태가 대답했다.

"예, 모두 죽은 듯하옵니다."

애초 작전이 벌어지기 전 각 조를 불문하고 생존자는 불사장(佛事場) 앞으로 모이기로 되어 있었지만 분명히 죽은 동양삼을 비롯해 셋만 있었다.

"흐흐흐! 누구냐? 너냐? 공후를 죽인 놈."

흠칫!

추작도의 눈이 이채를 발했다.

―놈!

　아무리 상관이라고 해도 경이적인 공을 세운 자신이다. 그런 수하에게 놈이라는 호칭을 쓴다는 건 그냥 웃어 넘길 수 없는 일이다.
　바로 그때 단우태의 전음이 귓속을 파고들었다.

　―아무래도 이상하네. 그렇지 않는가?

　황보악의 주위에는 그들이 있었다. 언젠가 홍운을 찾아가던 때 마차 앞을 가로막았던 표사충과 양귀웅을 비롯해 전쟁터로 가던 날 빼돌려졌던 옥만군과 오구를 비롯한 이십여 명의 무사.
　하나같이 어둠속인데도 눈에서 형형한 광채가 뿜어 나온다. 홍운의 무사들을 압도하고도 남을 기세였다.
　파팍!
　두 사람은 동시에 몸을 뽑아 올렸다.
　그와 동시에 날아오는 무사들.
　"눈치 한번 빠르구나. 하나 너희 두 놈은 오늘 여길 벗어나지 못한다."
　"호호호! 어림없는."
　황보악의 옆구리에 있던 단섬도가 뽑혀 날아갔다.
　쉬이익!
　날아가는 칼을 보며 단우태가 외쳐 말했다.
　"도, 도강이닷!"

칼은 어둠을 뚫고 빠르게 날아갔다.

팍!

먼저 한 걸음 뒤쳐진 단후태를 쳤다.

"우욱!"

단우태의 신형이 허공에서 흔들거렸다.

그와 동시에 칼은 추작도의 목을 파고들었다.

빙글!

그 순간 추작도의 몸이 돌아서며 번개처럼 단섬도를 찔렀다.

텅!

단섬도가 부르르 온몸을 떨며 추락하는가 싶었는데 가까스로 지면에 닿을 듯 끌리며 회수되었다. 다행히 황보악의 도강은 아직 초보 수준을 면치 못하고 있었다.

"조장님!"

추작도는 휘청이는 단우태를 부축했다.

단우태의 등에서는 피가 물처럼 흘러내렸다.

"날 잡고 뭐하나. 빨리 도망쳐!"

사내들이 날아오고 있었다.

"같이."

"미친 소리."

팍!

단우태는 추작도의 손을 뿌리치고 달려 나갔다.

"잊지 마라. 이게 강호다. 아니 인생이야. 배신을 서러워하지 마. 다만 당하지 않을 생각을 해.”

챙!

콰콰쾅!

단우태는 돌아서서 싸움을 시작했다.

무사들이 자신을 지나치려 하자 악착같이 막는다.

“흐흐흐! 지나가려거든 날 죽이고 가라. 이놈들아.”

휘익!

추작도는 몸을 날렸다.

다시 성과사 안으로 들어와 오른편 요사채 쪽으로 몸을 날려 담장을 넘어갔다. 미친 듯 신법을 펼쳤고 단우태와 무사들 싸우는 소리는 더 이상 들려오지 않았다.

순식간에 단우태의 몸은 벌집이 되었다. 서둘러 그를 처치하지 않으면 추작도의 제거가 그만큼 어려워지기 때문에 사내들은 필사적이었고 단우태 또한 조금이라도 더 시간을 벌어주기 위해 악착같이 물고 늘어졌다.

“으하하하! 덤벼라. 덤벼!”

살아날 수 없다는 사실에 더욱 용기백배했고 몸을 사리지 않아 의외로 싸움은 시간을 끌었다. 무려 이십여 초가 지나서야 단우태의 오른쪽 다리가 잘려 나가며 기우뚱했다.

싹!

뒤이어 왼쪽 다리가 잘려 나갔고 몸통이 바닥으로 떨어졌다.

퍽!

"뭣들 하느냐? 놈은 놔두고 어서 추가 놈을 쫓아라."

사내들이 일제히 어둠속으로 몸을 날려 사라졌다.

황보악이 다가왔다.

"힘드느냐?"

"훅훅훅!"

단우태는 비릿한 미소를 짓는다.

"왜 웃느냐?"

"재밌어서 말이오."

"그래?"

단우태가 시들어가는 눈빛으로 말했다.

"누구에게 뒤집어씌울 셈이오? 우릴 죽이려는 것은 증거 인 멸 차원 아니오?"

"분명한 건 황보세가에서 공후 선사를 공격하지 않았다는 것이다."

"홍운이라는 증거가 있는데도 말이오?"

"흐흐흐, 맞다. 홍운이 공격했지. 하지만 일백 년 전을 기억하느냐?"

"일백 년 전"

단우태의 눈이 커졌다.

일백 년 전 소림의 백팔나한이 태행산을 지나던 무당의 장문인을 공격한 적이 있었다. 그들은 소림의 소금강산수를 썼다. 소금강산수는 백팔나한이 배워야 할 열다섯 기예 중 한 가지.

백팔나한의 공격에 무당의 장문인과 무당삼검을 위시한 간부 오십여 명은 모조리 도륙당했다. 머리를 깎았으며 붉은 가사를 걸쳤고 소금강산수까지 펼친, 누가 봐도 완벽한 백팔나한.

소림에서는 진짜 백팔나한을 보여주었다.

그렇다고 무당에서 믿을 리 만무했다. 마음만 먹으면 얼마든지 백팔 명을 데려다 백팔나한이라고 우기면 되는 일 아닌가.

결국 양문(兩門)은 전쟁 일보직전까지 갔지만 차마 충돌을 일으키지는 못했다. 누군가의 음모일 수도 있다는 한가닥 염려 때문이었다.

황보악 또한 이번 사건 역시 그와 같다고 말해주었다.

"우하하하! 크억!"

단우태가 광소를 터뜨리다 피를 토했다.

휘청!

쓰러질 듯 하는 것이 죽음이 임박했음이다.

"내가, 아니, 천하가 대공자를 잘못 보고 있군. 단순히 심통만 사나운 철없는 촌놈으로 아는데 그게 아니었구려."

"철없는 촌놈, 우핫핫핫!"

"대공자야말로 가장 뛰어나시오. 패배를 인정하오. 당신을 미워하지 않소. 뒤에서 칼을 뺄어오든 웃음 속에 칼침을 놓든 패배는 패배이고 그래서 죽는 건 당연지사 아니겠소. 그러나

한 사람은 그걸 받아들이지 않을 것이오."

"누굴?"

"지금 도망친 추작도이오. 그는 무사가 무사답지 못하면 결코 참지 않소. 뒤에서 칼질을 하거나 대공자처럼 실컷 부려먹고 처리하는 이런 식의 배은망덕을 미치도록 경멸하오."

"날 협박하는 것이냐, 이놈."

"아니오. 감히 나란 놈이 어찌 협박을. 다만 추작도는 조심해야 할 것이오. 그를 오늘밤 죽이지 못하면, 아니, 죽었다고 생각해서도 안 되오. 반드시 시체를 앞에 놓고 심장에 칼을 꽂기 전에는 죽였다고 생각하지 마시오. 그는 불가능을 가능하게 만든 몇 안 되는 위인 중 한 명이니까."

황보악의 표정이 굳어졌다.

단우태는 온 힘을 다해 말했다.

"대공자는 실수한 것이오. 만들지 말았어야 할 적을 만든 것이오."

"이런 개자식이 지금."

빠악!

황보악이 그대로 칼로 머리통을 쳤다.

너무 흥분한 나머지 머리를 비껴 맞았고 단우생은 목숨이 끊어지지 않았다.

"돼지만도 못한 촌놈 새끼. 언젠가 추작도가 널 찾을 것이다. 그땐 넌 지상에서 가장 고통스러운 죽음을 맞이하게 될 것이다."

“네놈을 네가!”

퍼퍼퍼퍽!

황보악은 미친 듯이 단섬도를 내려쳤고 단우태의 몸은 다져
지듯 사라졌다.

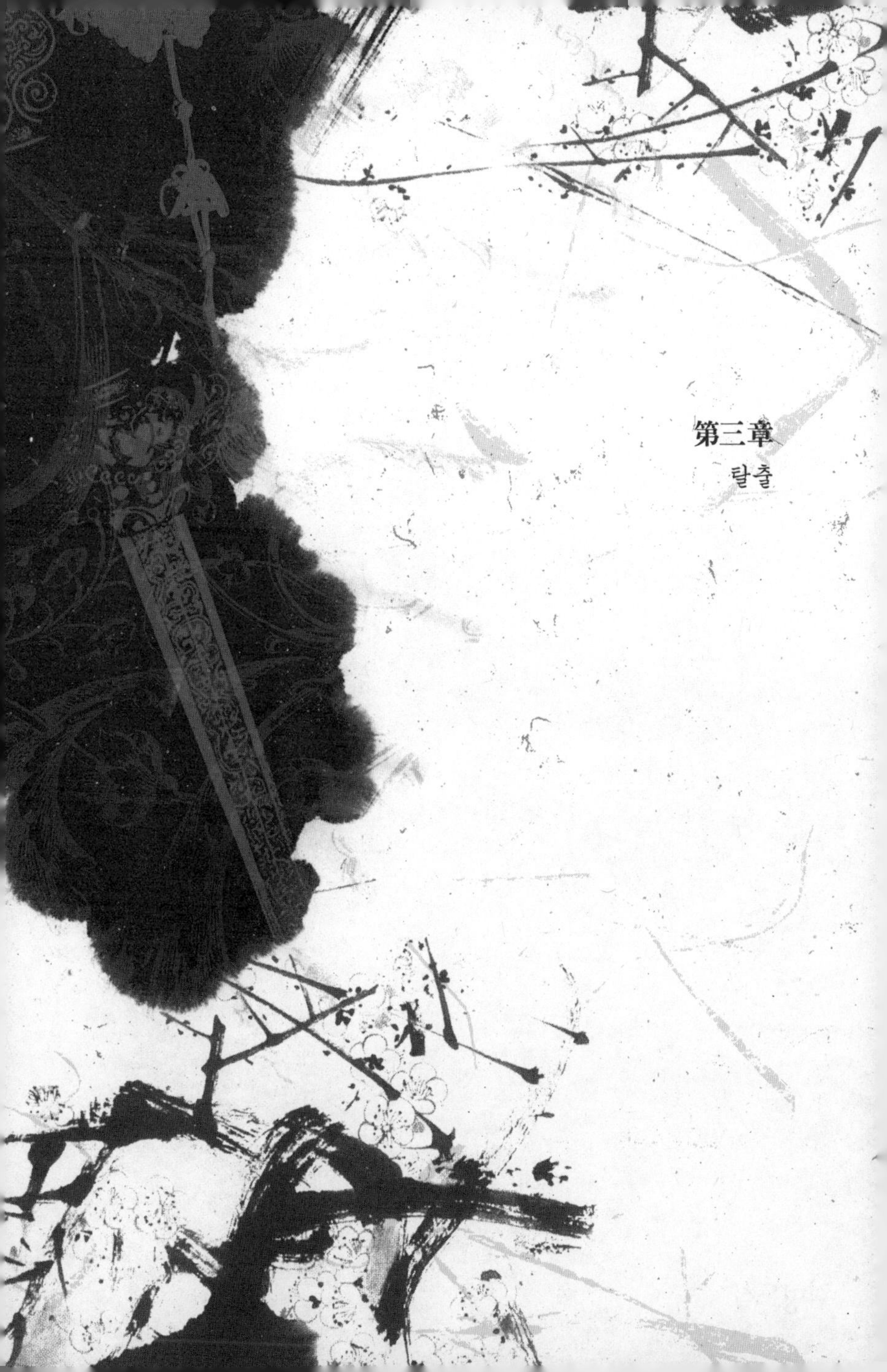
第三章
탈출

검명도살

　사람 키만큼 자란 갈대를 헤치며 추작도는 나아갔다. 그의 목표 지점은 전단강이었다. 육로는 이미 철저히 봉쇄되었을 것이다. 그러므로 유일한 생로는 전당강으로 뛰어드는 것이었다. 강속은 절대 완벽한 포위망을 구축할 수가 없었다.

　슈욱!

　갑자기 눈앞이 번쩍하며 한 사내가 공격을 해왔다.

　추작도의 칼이 망설임없이 수평으로 찔러 들어간다.

　쾌!

　갈대숲에 숨어 있다 공격을 한 사내의 눈이 튀어나왔다. 결단코 이토록 빠른 찌르기는 본 적이 없었다. 자신이 먼저 발견하고 공격했는데 상대의 칼이 먼저 복부를 뚫어버렸다.

"무, 무슨 도법?"

"일류선!"

"그 흔한 도법이 어찌……."

털썩!

쉬이이!

좌측으로부터 바람이 불어왔다.

두 개의 칼 바람에 추작도의 몸은 팽이처럼 회전하며 연거푸 찔러갔다.

푸푹!

둘을 찔렀지만 추작도의 옆구리에도 도흔이 새겨졌다.

"컥!"

왼손으로 옆구리를 감쌌다. 공후 선사와 생사의 대결을 벌인 뒤였기에 몸은 만신창이이다. 그러나 반드시 살아야 한다는 의지로 몸은 앞으로 나아갔다.

살고 싶었다. 단순히 생명에 대한 애착 때문이 아니었다. 잡객으로 활동하면서 살아야겠다는 생각을 했던 것은 오로지 어린 추산 때문이었다. 아비로서 최소한 화려한 뒷바라지는 못해도 살아 있는 것만으로도 추산의 앞길에 큰 힘이 될 것 같았기 때문이었다. 그러나 지금 살아야겠다고 생각하는 것은 추산 때문이라기보다는 또 다른 이유가 있었다.

개문(開門).

기실 마음속으로 반년 정도만 더 황보세가에 몸을 담고 곧바로 떠나리라 마음먹었다. 지난 이년 여 홍운으로서 황보세

가에 세운 공이 적지 않았다고 판단했다. 받은 만큼(도법을 익
힐 수 있도록 해준 고마움) 돌려주었다고 생각했다. 그렇다면 이
제 떠나야 한다고 마음먹었다.

자신에게 적수는 그다지 없었다. 물론 찌르기 하나뿐이지만
자신이 상대한 인물들은 하나같이 강호의 절정고수들이었다.
그들을 상대로 그다지 패하지 않았다. 그리고 개문을 꿈꿔도
되겠다고 마음먹은 더 큰 이유는 상대를 이길 때마다 꼼수를
쓰지 않았다는 것이었다.

당당히 얼굴을 드러내 놓고 맞서 꺾었다는 것이었다. 어떤
암수도 사용하지 않는 완전한 승리는 더욱 개문이란 흥분으로
몰아갔다. 이번 사건이 끝나고 한 번만 더 출동한 뒤 떠나겠다
고 결심했다. 갑자기 떠나겠다고 하면 가로막을 것이고 여러
가지 당근으로 회유를 할 텐데 그것도 사람으로서는 거절하기
쉽지는 않다고 생각했다. 그런데 이 무슨 날벼락인가.

빠악!

칼과 칼이 부딪혔다.

"컥!"

"음!"

상대는 일 초에 즉사했고 추작도는 비틀거렸다.

왁!

기혈이 역류하며 피를 토했다.

세상에서 자신이 가장 싫어하고 분노하는 것이 배신이다.
그것도 실컷 이용해 먹다 뒤통수를 치는 것이었다. 잡객으로

활동할 때 서너 번 그런 일이 있었다. 그것은 절대 용서할 수 없는 일이었기에 기어이 복수해 주었다.

쏴아아!

세 명의 인물이 날아왔다.

시력이 떨어지고 감각이 예전만 못한 것이 몸 상태가 급속히 떨어지고 있음을 반증했다.

슈슈슈!

전단강은 성과사 북쪽을 끼고 흐른다.

그래서 오로지 북쪽으로 달려야 했기에 피하지 않았다. 상대도 자신이 전단강을 노리고 있다는 것을 아는지 자꾸 북쪽으로부터 날아왔고 북쪽의 길목을 지키고 있었다.

"으아악!"

"컥!"

"우욱!"

둘의 목에 구멍을 냈지만 허벅지에 일도를 맞았다.

이번 상처는 크다.

휘청!

중심을 잃는 순간 나머지 한 사내의 칼이 어깨를 찔러온다.

쉭!

상체를 틀었지만 동작이 느렸다.

푹!

휘청!

비틀거리는 추작도를 향해 사내의 칼이 재차 바람을 가른다.

끝장을 내겠다는 잔혹한 의지이다. 추작도는 본능적으로 지면을 뒹굴었다.

파파팍!

사내의 칼은 연신 세 번을 후려쳤다.

두 번은 피했지만 마지막 칼이 등짝을 파고든다.

촤아아!

사내가 회심의 미소를 지으려는 순간 추작도의 손이 뿌려지면서 흙먼지가 휘날렸다.

"어억!"

사내는 눈을 가리며 비명을 질렀고 그 사이 추작도의 칼이 복부에 틀어박혔다. 사내의 얼굴에 불신과 경악의 빛이 넘실거렸다. 너무도 얕은 수에 당한 것이 믿어지지 않는다는 뜻이었다.

우두둑!

칼이 회전을 일으키며 내장 토막 끊어지는 소리가 들려왔다.

사내는 몇 번 휘청거리더니 앞으로 고꾸라졌다.

그와 동시에 추작도 또한 바위에 털썩 주저앉았다.

"학하악!"

상처가 깊었다.

어쨌든 살아야 한다. 현재 이곳 갈대밭에선 천라지망이 펼쳐져 있다. 그러나 뚫고 강으로 뛰어들어야 했다. 강으로 들어가기만 하면 목숨을 건질 자신이 있었다.

*   *   *

항주에 도착한 추산은 요기부터 하기로 했다. 무려 열하루라는 긴 시간을 걸려 도착한 것이다. 오면서 마차가 고장이 나한 번 갈아타는 바람에 하루라는 시간이 더 소요되었다.

"하룻밤 묵기도 할 테니 방도 준비해 주시오."

추산은 점소이의 안내를 받아 자리에 앉았다. 음식을 주문해 놓고 객점 안을 돌아보았다. 많은 사람들이 봇짐을 짊어지고 있었는데 그렇다고 상인들로 보이지는 않았다. 얼마 지나지 않아 추산은 그들 모두가 성과사 불사를 보기 위해 타지에서 온 유람객들이라는 것을 알아차렸다.

"손님, 음식 나왔습니다."

주위를 살피고 있는데 점소이가 목서육을 가져다 놓았다.

추산은 시장했으므로 곧바로 식사를 시작했다. 그런데 식사를 시작한 지 얼마 되지 않아 누군가 거칠게 문을 여는 소리가들리더니 객점 안을 쩌렁하게 울리는 외침을 터뜨렸다.

"형님, 성과사에서 난리가 났다 하옵니다."

한 사내가 세 명의 유람객들이 식사를 하고 있는 식탁으로달려가며 외쳐 말했다.

"성과사에 자객들이 들어 소림사 승려들을 모조리 베고 향객들까지 닥치는 대로 도륙하고 있답니다."

뚝!

추산이 고개를 돌렸다. 한 사람의 말이라면 무시했을 것이었다. 그러나 연이어 사내들이 들어서며 성과사의 혈사를 떠들고 다급히 외쳤다. 절을 다니는 향객들에게 그런 대형 불사는 일생에 두 번 다시 보기 힘든 귀한 구경거리요 섬김의 잔치이다.

믿을 수 없다는 듯 일부 유람객들은 직접 나섰다.

"이보시오."

추산은 가장 먼저 뛰어들어 와 외쳤던 사내를 불렀다. 갈까 말까 망설이고 있던 사내들 모두가 돌아보았다.

추산은 물어 말했다.

"정말로 성과사에 자객들이 들어 불사가 중단되었단 말이오?"

들어와 외쳤던 사내가 검미를 찌푸렸다.

"어허! 내 말을 못 믿겠단 말이오? 그럼 직접 가보시구려."

사내는 기분 나쁘다는 표정을 지었다.

추산의 표정이 굳어지는 가운데 유람객들 일부는 서둘러 성과사를 향해 출발했다.

"여기 얼만가?"

"은자 다섯 돈입니다."

추산은 식사비를 지불하고 상인들과 함께 밖으로 나왔다.

"방은?"

점소이가 따라나오며 묻는다.

"미안하오. 취소해야겠소. 나중에 꼭 이용하겠소이다."

성과사 불사로 인해 항주의 마차와 인력거들은 때 아닌 호황을 누리고 있었다. 추산도 마차 한 대를 빌렸다.

마부에게 물었지만 아무것도 모르고 있었다.

"어제도 다녀왔지만 불사는 안정적으로 진행되고 있던데요. 왜, 무슨 일이 있었는지요?"

오히려 추산에게 묻고 있었다.

추산은 더 이상 말을 건네지 않았으며 마음속으로 제발 아무 일 없기를 바랐다. 그러나 이미 항주에 도착하기 전부터 소림사 공후 선사를 노리고 홍운의 전력 구 할이 몰려들었다는 애길 황보악으로부터 전해 듣고 나서 어느 정도는 짐작했다. 그러나 한편으로는 천하의 소림사이다. 아무리 황보세가의 야심이 크고 근자에 욱일승천의 기세로 승승장구한다고 하지만 설마 소림을 상대로, 그것도 장문인을 노릴 수는 없을 것이라고 생각했다.

덜컹!

이각을 달렸을까, 산길을 오르던 마차가 갑자기 멈췄다.

"왜 그러시오?"

"시, 시체입니다."

추산은 마차에서 내렸다.

길 한가운데 두 구의 시신이 엎어져 있었는데 향객이다. 등에 상처가 있었는데 칼에 맞은 것이었다.

추산은 마차 주인에게 돈을 던져주고 그만 돌아가라고 해놓고서 몸을 날렸다.

잠깐 사이에 성과사에 이른 추산은 입을 떠억 벌렸다. 천하에서 가장 크고 웅장함을 자랑한다는 성과사 일주문이 폭삭 내려앉아 있고 수많은 시신이 짐승들에 의해 뜯기고 있었다.

추산은 경악을 금치 못하여 안으로 들어갔다. 시신은 갈수록 많아졌고 마침내 불사 장소에 이른 추산은 입을 떠억 벌리고 말았다. 소림사 승려들 시신이 지천이었다.

흠칫!

추산의 눈이 한곳에 빛났다.

한 노승의 모습이 유난히 눈에 띈다. 주위로 수많은 노승이 있는데 왜 유난히 띨까. 추산은 천천히 다가가 시신을 내려다보았다. 죽었지만 범접하기 어려운 도도한 위엄이 풍겨 나온다.

“엇!”

시신을 살피던 추산의 입에서 다급성이 흘러나왔다.

시신 양다리 아래로 남자의 상징이 내장과 함께 굳어 있었다.

“으으음!”

추산의 입에서 더욱 무거운 신음이 흘러나왔다.

한눈에 노승은 누군가 잡투를 벌였음을 알 수 있었다. 누굴까. 누가 자신과 아버지가 가장 잘 펼치는 잡투 중 쇄분고환을 썼을까.

―혹시 아버지가!

그러나 이내 고개를 저었다.

아버지의 잡투 실력은 인정하지만 상대 노승의 몸에서 풍기는 기운은 절대의 기도이다. 잡투란 대저 실력이 엇비슷할 때 펼칠 수 있는 싸움기술이지 어느 한쪽이 월등해 버리면 펼칠 수가 없다. 아버지가 그동안 황보세가에서 상당한 무공 증진을 이루었다는 것을 고덕룡은 증언했으며 홍운이라는 특수조직에 들어간 것으로 보아 확실하게 증명이 되었다. 그러나 눈앞의 노승을 상대로 잡투를 벌일 만큼 치열한 상대가 되었다고까지는 믿을 수가 없었다.

하나 잡투는 분명히 아버지의 기술이다. 혹시 몰라 주위를 뒤지기 시작했다. 시신들 중 상당수가 황보세가의 무사들이다. 복장은 물론 그들이 사용하고 있는 협도(挾刀:날이 좋은 칼)는 황보세가임을 반증하고 있었다.

―아아!

문득 추산은 감탄을 터뜨렸다. 한 가지 사실에 가슴이 서늘하기까지 했다. 누가 봐도 황보세가 인물들의 기습이라는 것을 알 수 있었다. 문제는 증거가 너무 완벽하면 누구도 믿지 않는 강호의 습성이었다. 어린아이가 봐도 황보세가에서 공격했다는 것을 알 수 있을 만큼 모든 것이 완벽했다.

추산의 우려는 곧바로 나타났다.

획!

추산이 고개를 돌렸다. 멀지 않은 곳에서 바람이 불어오고 있었다. 그러나 그것은 자연적인 바람과는 약간의 차이가 있었다. 최소한 상당수의 인원이 급히 신법을 펼쳐 달려올 때 일어나는 옷자락 펄럭이는 소리였다.

자칫 이 자리에 남아 있다가 오해받는다.

추산은 근처 전각으로 올라갔다. 용마루 너머에 몸을 은신한 채 숨을 죽였다. 반 각도 채 지나지 않아 예상대로 일백여 명에 가까운 승려가 가사 자락을 나부끼며 날아내렸다.

추산은 하마터면 소릴 지를 뻔했다.

나타난 인물들은 소림의 정예 백팔나한이었다.

"아미타불!"

"오오!"

눈뜨고 볼 수 없는 참혹한 광경에 백팔나한들이 신음을 터뜨렸다.

"장문인!"

누군가 공후 선사의 시신을 발견하고 소리쳤다.

순간 백팔나한이 일제히 몰려들었다.

"장문인!"

"사형!"

사대금강 중 한 명이자 백팔나한의 수장인 발공 선사는 비통하게 부르짖었다.

"으으! 장문인!"

한쪽 무릎을 꿇은 발공의 눈에서 피눈물이 쏟아진다. 그냥
죽은 것도 아니고 남자의 상징이 뽑혀 죽었다. 죽음에도 여러
가지가 있다. 흔히 말하는 격이라는 것이었다. 아무리 상대가
철천지원수라고 해도 소림의 장문인 정도 되면 이런 죽음은
예의에 어긋날 뿐 아니라 강호 법도에도 정면으로 배치된다.
　뿌드득!
　아그득!
　여기저기서 이를 가는 소리가 진동을 했다.
　"뭣들 하십니까? 당장 황보세가로 쳐들어가지 않고. 소림과
황보세가는 오늘 이후로 전쟁입니다. 어느 한쪽이 사라지기
전에는 끝나지 않은 전쟁."
　"맞소. 황보세가에 소림의 무서움을 보여줍시다. 이놈들이
하늘 높은 줄 모르고 있소이다. 장문인, 으어어어!"
　급기야 한 승려가 땅을 치며 통곡을 했다.
　"죽이겠소."
　"어서 황보세가로 진군 명령을 내리소서."
　흥분한 백팔나한들이 어쩔 줄 몰라할 때 주위를 울려 퍼지
는 웅혼한 목소리가 있었다.
　"진정들 하라. 진정."
　발공 선사가 몸을 일으켜 사제들을 바라보았다.
　하나같이 두 눈에서 녹색광채가 뿜어 나온다. 그것은 모두
살기에 지배되어 있다는 것을 말해주고 있었다.
　"분명히 적은 황보세가이다. 하지만 우린 한 가지 사실을 염

려해야 한다. 너희들이 황보세가라면 이런 식으로 공격을 하겠느냐. 그것도 다른 상대도 아닌 소림을 향해서 말이니라."

"그럼 사형께서는 이들 모두가 황보세가 무사들이 아니란 말씀이온지요?"

"신중하자는 얘기니라. 적은 어쩌면 우리와 황보세가를 싸움시켜 이득을 얻으려는 것인지도 모른다."

황보세가와 소림은 당금 정도무림을 양분할 만큼 강력한 힘의 중심들이다. 그런데 두 문파가 전쟁을 일으킨다면 정사의 전쟁만큼이나 큰 피해를 입게 될 것이고 어느 한쪽도 손쉬운 승리가 불가능하다. 누군가 이때를 노리고 있다면 그야말로 꼼짝없이 당하는 것이었다.

"하오면 사형의 생각은 어떠시옵니까?"

발공은 잠시 어두운 하늘을 보았다.

발공의 얼굴은 비참하게 우그러져 있었다. 한참 어두운 하늘을 올려다보던 발공 선사가 입을 열어 말하였다.

"우선 장문인 장례를 치르는 것이다. 분노는 흉수가 밝혀진 뒤에 터뜨려도 늦지 않느니라."

"아미타불!"

"크으으!"

고통과 아픔을 이기지 못하고 백팔나한들이 여기저기서 비통한 신음을 흘렸다.

"뭣들 하느냐? 우선 장문인 시신부터 본 사로 옮기도록 하자."

사람들은 곧바로 공후 선사의 시신을 잘 수습하여 방으로

옮겼다. 찢어진 가사를 벗겨내고 발공의 가사로 온몸을 감쌌
다.

"마차가 도착했사옵니다."

문밖에는 시거(屍車) 한 대가 서 있었다.

일행은 조심스럽게 마차에 공후 선사를 옮겨 실었다.

발공이 말했다.

"고생 좀 해주게. 소림은 자네의 노고를 잊지 않을 걸세."

마부가 허리를 구부렸다.

"황, 황송하옵니다."

"출발하라."

이십여 명의 인물이 마차를 호위했다.

휙!

마차가 떠나자 발공의 몸이 떠올랐다. 그의 몸이 내려앉은
곳은 맞은 편 전각의 용마루였다.

발공은 주위를 살폈다. 그러나 이내 날카로운 눈빛을 거두
며 땅으로 내려섰다.

백팔나한 중 한 명이 물었다.

"왜 그러시옵니까"

"아무것도 아니다."

발공이 내려가자 용마루가 꿈틀거리며 추산이 모습을 드러
냈다.

나타난 인물들이 백팔나한이니 숨는 것으로는 부족하다 싶
어 신속히 구식대법을 펼쳤는데도 발공은 뭔가 이상한 낌새를

느끼고 날아온 것이었다. 추산은 조심스럽게 몸을 날려 현장을 빠져나가기 시작했다.

성과사를 빠져나온 추산은 걸음을 멈추고 생각에 잠겼다. 아버지는 어디로 갔을까. 그의 머릿속을 가득 채우고 있는 사실은 공후 선사의 시신이었다.

아무리 생각해도 싸움 수법이 아버지였다.

그러나 아버지 무공이 공후 선사를 상대할 만큼 강해졌다고 믿기에는 약간의 무리가 있었다.

공후 선사가 아버지와 싸우기 전에 부상을 입거나 어느 정도 체력이 소모된 상태라면 얘기는 달라진다. 아버지는 홍운의 인물이고 누구보다 앞선 승부욕을 지니고 있으므로 해볼 만해지는 것이었다.

획!

추산의 고개가 돌아갔다.

분명히 신음 소리를 들었다.

추산의 몸은 빠르게 몸을 날렸다. 한참을 달려가자 숲이 사라지고 비릿한 갯내음이 맡아지면서 갈대로 변하기 시작했다.

─만위평(滿葦平).

만위평은 원래 전당강이었다.

그러나 점차 강이 마르면서 갈대가 번성하며 거대한 숲으로 변해 버렸다.

추산의 몸이 갈대숲 한쪽으로 날아내렸다.

흑의사내 한 명이 꿈틀거리고 있었다. 추산은 신속히 등 뒤 명문혈에 진기를 주입했다. 점차 사내의 잿빛 얼굴에 화색이 돌더니 눈을 떴다.

추산은 빠르게 물었다.

"누구시오?"

"넌 누구냐?"

그러면서 공격을 하기 위해 손을 뻗었다.

딱!

하나 그에 앞서 추산이 손목을 굳세게 거머쥐었다.

"정신 차리시오."

사내는 추산의 얼굴을 확인하고서야 욕을 뱉었다.

"젠장! 그따위 놈에게 당하다니."

"누굴 말하는 것이오?"

"누군 누구냐? 노독수란 놈이지. 다 잡았다고 여겼는데 어디서 그런 능력이 나오는지 무려 이십여 명의 동료들이 죽었다."

추산의 눈이 커졌다.

"지, 지금 노독수라고 했소?"

"맞다. 그놈에게 우리 동료 이십 명이 당했다. 하나 공자님과 나머지가 추적하고 있으니 살, 살아나, 기는… 힘들 것……."

사내는 그 말을 남기고 목을 떨구었다.

휘익!

추산은 몸을 띄웠다.

—강이다!

아버지는 강을 통해 포위망을 빠져나가려 하고 있었다. 아버지처럼 물을 이용하는 데 능숙한 사람은 없었다. 어지간한 파도 따위는 아버지에게 아무런 장애가 되지 않는다.

촤악!

갑자기 앞에서 한 사내가 불쑥 가로막았다.

빠아악!

추산의 주먹이 벼락처럼 폭발했다.

추산은 번개처럼 쓰러진 사내의 명치에 주먹을 얹었다. 아차 하면 명치를 눌러 버리겠다는 경고였다.

"이름!"

"사, 살려주시오."

"누굴 쫓으시오?"

"추, 추작도. 아니, 노독수"

"그분은 살았소. 지금 어디 있소?"

"우리도 자세히는 모르오. 단지 강으로 진입하지 못하게 하라는 명령을 받았소."

"그 이외의 사람은 없소? 노독수 말고 다른 사람 말이오?"

“이, 있었지만 우리 손에 모두 죽었소.”

추산의 이가 물렸다.

예상대로 부친을 죽여 입을 막으려는 계산이었다. 아버지가 살아 있는 한 평생 짐이 될 것이다.

푹!

주먹을 눌렀다.

사내는 비명도 지르지 못하고 즉사했다.

추산은 곧바로 갈대를 헤치고 나아갔다. 얼마쯤 나아가자 귓가로 희미하지만 물소리가 들려왔다.

갈수록 물소리가 커지는데 사람들 말소리까지 들려왔다. 몸을 낮추고 갈대숲 사이를 바라보았다.

쿠쿠쿵!

엄청난 굉음이 들려온다.

―설, 설마!

추산은 조금 더 가까이 다가갔고 그제야 사람들 모습이 보였다. 모두가 등을 돌리고 깊은 단애 아래를 내려다보고 있었는데 그중 단섬도를 차고 있는 황보악의 모습이 눈에 들어왔다.

―단룡애(斷龍崖).

전당강 일천 리 중 가장 높은 곳이자 물살 험하기로 유명한 곳이다.

단애에서 강까지의 거리만도 무려 백 장이 넘으며 오죽했으면 승천하려던 용까지 심한 물살에 몸이 잘렸다고 했겠는가. 한가닥 희망을 안고 달려온 추산의 얼굴은 우그러졌다. 인간의 몸으로 단룡애에 뛰어들었다는 것은 자살을 의미했다.

추산은 자세를 일으켰다.

길게 심호흡을 하고 천천히 다가갔다.

저벅저벅!

발걸음 소리에 황보악을 비롯한 다섯 명의 사내들이 돌아보았다.

추산이 지나치게 거리를 좁혀오자 한 사내가 앞을 막아섰다.

"서랏!"

빠아악!

추산의 주먹이 불을 뿜었다.

북두칠권의 철권이 폭발했다.

"으아악!"

사내는 처절한 비명을 지르며 누가 잡을 틈도 주지 않고 단룡애 아래로 떨어졌다.

"이놈이!"

"어딜!"

두 사내가 칼을 휘두르며 달려왔다.

추산은 빠르게 달려들었다. 한 걸음 떼었나 싶었는데 어느새 두 사람 면전이었다.

두 사내가 발도할 당시 추산은 십 장 밖이었다. 십 장 밖에 거리를 조준하며 칼을 뽑은 것이다. 그런데 추산이 다가오면서 십 장이 순식간에 일 장으로 좁혀져 버렸다.

주춤!

쏘아오던 두 사람의 신형이 멈춰 서려 했다. 쾌속으로 질주하는 마차를 갑자기 세우면 뒤집어지거나 넘어진다. 두 사내가 아무리 심법을 운용하여 몸을 세웠지만 쏘아 나온 힘에 의해 칼이 제대로 추산을 노리지 못했다.

빠바박!

호랑이의 앞발 치기.

이름하여 호권이 펼쳐졌다.

어지간한 바위는 산산조각이 나고 한 호흡에 십여 타를 때린다는 호권에 두 사내의 얼굴은 걸레조각이 되었을 뿐 아니라 우드득 소리가 나더니 고개가 옆으로 늘어졌다.

목뼈가 부러진 것이었다.

빡!

빠아아악!

강력한 좌우 주먹이 작렬하고 다시 두 사내 또한 단룡애 아래로 떨어졌다.

순식간에 세 명의 동료가 단룡애 아래로 사라지자 나머지 한 사내는 움직이지 않았다. 그 대신 황보악이 눈을 크게 떴다. 믿을 수 없다는 듯 위아래를 살피더니 입을 열었다.

"너, 너는?"

추산은 싸늘한 얼굴로 말했다.

"반갑구나."

"네놈이 어떻게 여길 왔느냐?"

"어떻게 왔겠느냐? 네놈 죽이러 왔다. 모가지 자르기 위해서 말이니라."

"으핫핫핫!"

황보악이 고개를 쳐들고 앙천광소를 흘렸다.

의식적으로 내공을 실은 듯 기혈이 출렁거린다.

추산의 안색이 가볍게 변했다. 그러나 추산은 끓어오르는 기혈을 진정하며 혼자 중얼거렸다.

―힘이 세다고 싸움에 이기는 건 아니다.

아버지 추작도가 했던 말이었다.

황보악의 내공은 자신보다 훨씬 높은 경지에 있었다. 칼 또한 완숙하다. 그러나 자신 또한 사악칠권으로 기초가 잘 다져진 북두칠권을 지니고 있었다.

그동안 틈나는 대로 북두칠권 수련에 소홀하지 않았다. 비록 황보세가에서 이곳 항주까지 오는 열흘 가까운 시간이었지만 북두칠권은 또 달라져 있었다.

더구나 아버지를 죽음으로 몰아간 황보악이니 물러서고 싶은 마음은 추호도 없었다. 둘 사이에 부채도 있으므로 오늘 기어이 죽든 살든 결판을 내고 말리라고 마음먹었다.

슈우욱!

추산이 별안간 움직였다. 자신을 공격하는 줄 알고 칼을 뽑으려던 황보악은 멈칫했다. 자신을 향해 다가오는 것 같더니 어느새 방향을 틀어 마지막 남은 수하에게 향하고 있었다.

―큰 나무를 벨 때는 먼저 가지를 쳐라. 자칫하다간 가지에 다칠 위험이 있느니라.

굳이 부친의 말이 아니더라도 혼자서 여럿을 상대할 때 적지 않은 경험을 했다. 대부분이 줄기(우두머리)에 의해 패하거나 죽기보다는 가지(부하)에 의해 좌우되었다.

그런 경험을 통해 부친은 한 가지 사실을 말해주었다. 적이 많은 경우는 의당 도망쳐야 하지만 해볼 만하다고 판단되면 가지부터 쳐라. 즉, 부하들부터 우선 없앤 후 맨 마지막으로 우두머리를 상대하라는 것이다.

그래서 아버지에게 물었다.

그렇다면 가지 치기를 하다 소모된 내공과 체력으로 우두머리를 어떻게 이길 수가 있겠느냐. 가장 강한 인물을 가장 약한 상태에서 맞이한다는 것이 옳은 전략이냐.

부친은 망설이지 않고 대답했다.

가지가 없으면 아무리 지친 몸일지라도 홀가분한 느낌을 갖

는다. 그리고 한 놈만 없애면 된다는 생각에 상상할 수 없는
투쟁심이 일어난다. 어떤 심후한 내공을 지닌 자일지라도 그
때 생기는 승부욕을 꺾지는 못한다. 다시 말해 가지를 치느라
소모된 체력과 내공은 얼마든지 여러 심리적 요인으로 인해
만회된다는 것이었다.

꽈아앙!

놈은 잔뜩 경계하고 있었던 듯 주먹을 받았다. 또한 필사의
각오로 맞선 듯 한 걸음 물러난 것이 전부이다. 황보세가의 칼
은 빠름이 생명이었다. 빠름은 힘을 이용해서 빨라지는 것이
아니라 식(式)의 기교에 의해 빨라진다.

─천하의 어떤 기교도 힘[力]에는 취약할 수밖에 없다.

부친의 말이었다.

더구나 북두칠권은 파괴력만 높은 것이 아니라 사악칠권이
라는 기초, 즉 빠름 위에 만들어진 것이기 때문에 빠르기도 하
다.

쉭!

슈슈슉!

추산의 주먹이 바람을 쏟아내었다. 사내의 칼은 빨랐다. 하
지만 빠른데다 정교하며 힘까지 갖춘 북두칠권 앞에서는 금방
흔들리기 시작했다.

더욱 놀라운 건 황보악의 태도였다. 도움의 손길을 전혀 뻗

지 않고 있다는 것이었다. 그 이유는 간단했다. 수하의 목숨을 그다지 귀하게 여기지 않기 때문이기도 했지만 한푼의 힘이라도 아껴두었다가 추산과의 싸움에 털어 넣기 위함이었다.

퍼억!

"커억!"

비틀거리는 사내를 향해 더욱 빠른 주먹이 쏟아졌다.

"뭘 그렇게 악물고 달려드느냐? 너희 주인도 널 돕지 않는데?"

그러고 보니 자신이 위기에 처해 있는데도 황보악은 전혀 도움을 줄 기색을 보이지 않는다. 몇 번 애타는 시선을 던졌지만 고개를 돌렸다.

용기를 냈던 것도 황보악을 믿고서였다.

그런데 황보악이 자신을 버렸다는 사실에 사내는 온몸에 힘이 쭉 빠지는 것 같으면서 투기를 잃어버렸다.

"크아악!"

효과는 빨랐다. 사내는 처절한 비명을 지르며 단룡애 아래로 떨어졌다.

이제 남은 사람은 둘.

황보악의 표정이 딱딱해져 있었다.

"대단한 주먹이구나. 실로 처음 보는 것이다."

"고맙다."

"이왕 여기까지 왔으니 우리 말 좀 터놓고 해보자꾸나. 너의 정체는 뭐냐?"

추산은 망설이지 않고 말해주었다.

"좋다, 말해주마. 난 노독수의 아들이다."

황보악의 이마가 찌푸려졌다.

아들이라는데 성이 다른 것이다.

추산은 더 이상 숨길 필요 없다고 생각하여 자초지종을 말해주었다. 얘길 듣고 난 황보악이 눈을 치켜떴다.

"아니 그럼 우리가 여지껏 가짜 노독수를 키웠단 말이냐? 하긴 진짜면 어쩌고 가짜면 어쩌겠느냐? 어차피 놈은 우리가 뜻하는 일을 잘 이루어줬거늘."

스르르릉!

황보악이 단섬도를 뽑아들었다.

주위의 어둠이 도기에 스물스물 밀려 나갔고 한기로 갈대들이 몸서리쳤다.

"흐흐흐! 분명히 말하지만 쓸 만한 주먹이다. 그러나 내 칼에는 상대가 되지 않는다. 오늘 밤 넌 저세상으로 떠난다."

황보악은 서서히 걸음을 옮겼다.

추산도 따라 움직였다.

아버지는 죽지 않았다. 사랑이 깊으면 곁을 떠나지 않는다고 하지 않는가. 아마 필시 근처 어딘가에서 이 싸움을 지켜보고 있을 것이라고 생각하자 온몸에 폭발할 것 같은 힘이 솟구쳤다.

아버지를 만나면 가장 먼저 자신의 무위를 보여주려고 했다. 자랑스럽게 주먹을 펼쳐 보이며 이렇게 무서운 고수가 되었으니 이제 모든 걱정 접고 집에서 편히 쉬라고 말할 생각이었다. 지금까지는 아버지가 먹여 살렸으니 이제는 이 자식이 돈을 벌겠다고 하려고 했다.

뿌드득!

추산은 이를 갈았다.

실컷 써먹고 버렸다는 것에 분노와 투기가 활화산처럼 일어났다. 거센 소용돌이가 추산의 몸 주위를 에워싸기 시작했다. 그것은 일부러 그런 것이 아니라 분노에 의한 기세일 뿐이었다.

"흐흐흐! 제법 기세를 돋우는구나. 하나 다른 놈들에게는 통할지 모르지만 내게는 쓸데없는 장난일 뿐이다."

말을 그렇게 했지만 황보악은 내심 불길한 생각을 떨쳐 버리지 못했다.

일부러든 아니든 아무나 불꽃 같은 투기를 일으킬 수는 없었다. 그것은 철저히 그가 지닌 능력이라고 해야 옳았다.

쏴아아!

거친 투기가 압박해 들어왔다. 그런데 진짜 뜨거운 열기가 느껴졌다. 그리고 더욱 놀라운 것은 갈수록 투기에서 뿜어 나오는 열기가 거세진다는 것이다.

황보악의 커다란 눈이 가늘어졌다.

불과 열흘 전 추산을 만났다. 물론 그에게 기습적인 두 방을 맞고 코피를 흘렸지만 당시와 지금은 또 달랐다. 아무리 자신의 기세를 죽이고 감췄다고 해도 사람에게는 기본적인 기도가 있는데 너무 다르다.

—열흘 사이에 이렇게 강해질 수도 있는가!

　열흘은 짧지 않은 시간임에 분명하지만 이렇게 사람을 백팔십도 바꿔놓을 수는 없었다.
　슈욱!
　더 이상 내버려뒀다가는 흔들릴 수도 있다.
　투기란 교활하기까지 하여 자신이 이길 수 없다고 판단되면 아무리 감정과 분노를 일으키며 끌어올리려 해도 소용없다. 마음은 무자비한 폭발성을 요구하는데 신체는 무덤덤해져 버리는 것이다. 투(鬪), 기(氣), 도(刀), 세 개가 일체를 이룰 때 가장 좋은 싸움이 되는데 자칫하다가 투(鬪)를 잃어버릴 수도 있으므로 선공에 나섰다.
　의욕이 상실되면 백전백패다.
　황보악의 신형이 다가온다 싶었는데 어느새 눈앞이었다.
　쉭!
　환하게 내뿜는 도광에 주위가 환해졌다.
　추산은 흠칫했다.
　확실히 부하들과는 상대가 되지 않았다. 몸이 움직였다 싶은데 어느새 자신을 찔러 들어오고 있는 쾌도.
　빠름과 힘 모두 차원이 틀렸다.
　마주 몸을 띄웠다.

―물러서지 마라.

그때가 열 살쯤 되었을 것이다. 저잣거리에서 자신보다 다
섯 살이 많은 형과 싸움이 붙은 적이 있었다. 그 형은 친구들
도 많이 데리고 있었지만 자신은 혼자였다. 어린아이들 싸움
이라는 게 분위기가 결정적으로 좌우하는데 정말이지 무서웠
고 도망치고 싶었다. 하나 만약 도망치면 날마다 괴롭힐 것이
라는 생각에 죽기를 각오하고 싸워야지 마음먹었다.

하나 막상 싸움이 시작되자 피하기만 했다. 워낙 주먹도 컸
고 힘도 좋아 잡히면 뼈도 추리지 못할 것이라는 생각에 다행
히 빠른 발을 이용해 이리저리 도망만 다녔다.

그때 귀에 익은 음성이 응원을 해주었다.

―피하지 마라!

구경꾼들 틈으로 일을 끝내고 돌아온 부친의 모습이 보였
다. 아버지를 보자 힘이 나기도 했지만 다음 얘기가 판도를 변
화시켰다.

―물러서는 싸움은 절대 이길 수 없다. 싸움은 목숨을 걸고
하는 것이다. 싸움을 하고 나서의 일은 생각하지 말라. 내가
오늘 싸우고 나서 내일 뭐해야지 하는 따위는 사치이다. 지금

오늘 죽겠다는 각오로 싸워라. 그러기 위해서는 절대 물러서
면 안 된다. 한 번 물러서면 계속 물러서고 싸움은 패배로 귀
착된다. 자신이 힘들면 상대도 힘들고 함께 치고 뜯고 붙어 싸
우면 천하없는 강자도 두려워하여 점차 밀려난다.

　물러설 곳도 없고 물러설 생각은 더욱 없었다.
　아버지를 죽였을지도 모르는 원수인데 물러선다는 게 말이
되는가. 죽이 되든 밥이 되든 오늘 끝장을 봐야 한다. 죽더라
도 싸움에 관해서만큼은 후회가 없어야 했다.
　콰아앙!
　주먹과 칼이 부딪쳤다.
　주먹을 통해 찌르르 하는 힘이 밀려 들어왔다.
　상대의 내공이 나보다 높을 때는 그런 느낌이 들지 않는데
힘이 약할 때는 나타난다.

　—삼십 년!

　현재 황보악이 자신보다 삼십 년 정도 힘이 높다고 보았다.
　그에 비해 자신의 지금 내공은 팔십 년 정도이다. 원래는 일
백 년이었는데 이곳까지 오면서 이십 년 정도가 소모되었다.
황보악은 가진 내공 그대로인 반면 자신은 이십 년을 소모했
기 때문에 삼십 년의 차이지만 둘 모두 평소라면 십 년 차이밖
에 나지 않는다.

―십 년!

그것은 큰 차이이기도 했지만 충분히 해볼 만한 차이이기도
했다.

비록 현실은 삼십 년 차이지만 십 년이라고 생각했다. 그러
자 마음이 훨씬 가벼워지면서 왕성한 의욕이 일어났다. 완전
히 싸워볼 만한 싸움이다.

쏵!

쏴아악!

연거푸 이도를 베어왔다.

정말 빠르다.

스치기만 해도 온몸이 뭉텅 잘려 나갈 것 같은 예리한 도기
가 허공을 가득 베었다. 추산은 주먹을 뻗으며 악착같이 파고
들었다. 파고들어야 자신에게 유리하다.

그에 비해 황보악은 어떻게 하든 추산이 들어오지 못하도록
막기 위해 더욱 빠르게 칼을 휘둘렀다. 추산이 최적의 공격권
안으로 들어와 버리면 손해이다.

쾅!

쾅쾅!

황보악은 열심히 칼을 휘둘렀고 추산은 날아오는 칼을 향해
북두칠권을 쏟아내면서 조금씩 거리를 좁혔다.

"으홧홧! 제법이구나. 좋다!"

언뜻 추산을 칭찬하는 것 같지만 분노의 외침이다. 오초가 넘도록 전력을 다했는데도 뜻대로 되지 않는 것에 대한.

콰— 앙!

주먹이 도기 속으로 파고들었다.

엄청난 도기들이 파편이 되어 사방으로 흩어진다.

추산의 안색은 하얗게 변했다. 내공의 불리함을 알고서도 지금까지 단 한 번도 피하지 않고 맞받은 후유증이 나타나기 시작한 것이다. 그런데도 추산은 물러나지 않았다.

상대도 자신만큼은 속이 들끓지는 않아도 최소한 더부룩까지는 할 것이다.

두 대 때리고 한 대밖에 맞지 않았는데도 유난히 고통스러워하는 이들이 있다. 흔히 엄살이라고 하는데 지금 황보악을 추산은 그런 부류라고 생각했다.

부유한 환경에서 컸다. 지금까지 무예를 익히는 동안 모두가 그에게 두들겨 맞아주고 깨지는 상대가 되었지 그를 이기려는 상대는 없었을 것이었다. 그의 몸에 상처 하나 내지 않았을 테고 목숨 한 번 잃을 위기를 겪지 않고 배웠을 것이었다.

한마디로 부드럽고 호화로운 성장밖에 모른 그가 조그만 고통 앞에서 어떤 반응을 보일지는 뻔했다. 몸 상태는 분명 추산보다 낮지만 겪는 아픔은 훨씬 더하리란 게 추산의 생각이었기에 더욱 마주 피하지 않은 것이었다.

꽝!

꽈가강!

추산의 계산은 맞아떨어졌다.

이십여 초쯤에 휘청거리더니 삼십 초가 되자 입에서 신음을 흘렸다.

"으음!"

휘두르는 칼 또한 처음보다 더욱 느려졌다.

주르륵!

추산은 이미 피를 흘리고 있었다. 그런데도 추산은 멈추지 않고 정면으로 칼을 받았다.

퍽!

퍼퍼퍽!

"끄으!"

"욱!"

둘의 입에서 괴성이 터져 나왔다.

그러는 가운데 추산은 파고들었다. 그러자 황보악이 칼을 뻗어 나왔다.

쾅!

뒤로 두 걸음 물러섰다. 빠르게 세 걸음 다가선다. 평소와 달리 아랫도리 힘이 풀린 듯 추산의 몸이 좌우로 심하게 휘청거렸다.

—붙어야 한다!

붙지 않으면 끝이었다. 이 상태로 가면 자신이 먼저 무릎을

굶게 되어 있었다. 힘 앞에서는 정신력도 한계를 보인다. 추산
은 뻗어나오는 칼을 향해 또다시 주먹을 휘두르며 달려들었
다.

　슈슈슉!

　삼권이 폭발했다.

　황보악 또한 삼도를 후려쳐 왔다.

　추산이 힘들면 상대도 힘들다. 더구나 상대는 자신과 성장
환경이 전혀 다르다. 아마 지금쯤 주저앉고 싶을 것이었다. 추
산은 얼마 남지 않았다고 여겼다. 조금만 더 몰아치면 제풀에
지치든 아니면 자신의 주먹에 맞아 쓰러지든 넘어질 것이라고
생각했다.

第四章

돌아온 차오

검명도살

　가난한 사람은 쓰러지지 않는 방법을 먼저 배운다. 그러나 부자들은 굶지 않는 법을 먼저 생각한다. 그래서 그들은 쓰러지는 데 아주 나약한 습성을 보인다.

　슈슉!

　추산의 주먹이 바뀌었다.

　지금까지는 북두칠권이었다. 북두칠권은 힘의 주먹이다. 그런데 지금의 주먹을 회초리가 나가듯 부드러우면서 빠르다.

　사악칠권으로 방향을 전환했다. 처음 힘이 왕성할 때는 마주 물러서지 않고 북두칠권으로 황보악의 힘을 어느 정도 무너뜨려 놓고 되었다 싶자 이제 빠름으로 나서는 것이다.

　패(孛).

황보세가의 칼은 빠름이다. 그러나 지칠 대로 지친 황보악
의 칼은 원래의 빠름을 보여주지 못하고 있었다. 물론 깊숙하
게 지쳐 버린 추산의 패도 예전과는 비교가 되지 않을 만큼 느
렸다. 하나 여기서 놀라운 사실 한 가지가 있었다.

평소의 패에 비해서는 느리지만 추산이 지금까지 뿜어낸 주
먹 중에서는 가장 빠르다는 것이었다. 더욱이 황보악의 눈에
는 더욱 빠르게 보인다는 것이었다.

툭!

황보악이 일권을 맞았다. 하나 힘이라고는 그다지 실려 있
지 않아 얼굴이 뒤로 두어 번 젖혀지다 말았다. 황보악의 입가
에 미소가 떠올랐다. 의외로 주먹에 힘이 없는 것에 안심하는
눈치다. 힘이 없다는 건 이제 주먹에 대해 그다지 경계하지 않
고 자신의 흐름대로 공격을 할 수 있다는 것이었다.

콰콰콰!

연거푸 칼을 휘둘렀는데 동작이 크다.

동작이 크다는 것은 추산의 주먹을 그다지 위협적으로 느끼
지 않고 있다는 뜻이었다. 몇 대 맞더라도 일도만 걸리면 죽일
수 있다는 계산인 것이었다.

―개자식!

추산의 입가에 짧은 미소가 떠올랐다.

추산은 더욱 주먹을 빠르게 뻗었고 황보악은 드러내 놓고

피할 기세 없이 칼을 휘두르는 데 전력을 다했다.

빠른 주먹은 몸에 힘이 들어간 상태에서는 나오지 않는다. 패가 빠르다는 것은 몸에 힘이 들어가 있지 않다는 것이며, 힘이 들어가지 않았다는 것은 상대의 어떤 공격이 있을 때 쉽게 피할 수 있는 조건을 갖고 있다는 의미이기도 했다.

부우웅!

황보악의 칼이 허공을 그었지만 추산은 가볍게 피해 버렸다

투툭!

얼굴에 작렬하는 주먹.

부웅!

칼을 피한 추산이 바짝 붙어 좌우 옆구리에 연권을 먹였다.

"쥐새끼!"

추산이 가까이 붙자 황보악이 뒤로 물러나려 했다.

그러나 추산은 거리를 주지 않고 따라 붙으며 연속 주먹을 뻗었다.

얼굴, 옆구리, 복부에 번갈아 가는 주먹에 황보악의 몸이 휘청거렸다.

그러다 한순간.

빠아악!

추산의 우권이 각도 크게 회전을 일으켰다.

철권(鐵拳), 북두칠권의 일초식이었다.

말 그대로 쇠몽둥이로 한 대 맞은 것 같은 위력이며 어지간한 바위는 산산조각이 나고 만다.

"크억!"

강한 충격에 칼을 놓치고 말았다.

도객(刀客)에게 빈손은 무장해제이다.

퍼퍼퍽!

추산의 주먹이 정신이 없다.

황보악은 뒤로 물러나며 칼을 찾기 위해 애를 썼지만 추산이 그럴 기회를 주지 않았다.

빠악!

빽— 어억!"

"흐흑!"

뒤로 물러나던 황보악이 바위에 기댔다. 바위 너머는 단룡애이다.

"죽어라!"

추산의 주먹이 강력히 쳐올라 갔다.

턱이 격중되면서 황보악의 얼굴이 피로 범벅이 되었다. 다급한 나머지 황보악도 마주 주먹을 뻗었지만 어디까지나 본능적인 행동일 뿐이었다.

빽!

버버버벅!

추산의 주먹이 온몸에 틀어박혔다.

주르륵!

황보악은 버티지 못하고 주저앉았다.

"훗훗!"

빠악!

오른발을 들어 힘껏 찼다. 장화발이 황보악의 입에 틀어박혔다.

입에 박힌 장화 발을 빼내 다시 입을 향해 힘껏 처넣었다.

꽈직!

이빨이 산산이 부서지고 혀가 말려 올라갔다.

퍽!

퍼― 퍼퍼억!

황보악의 얼굴이 피로 망가졌다.

추산이 쭈그리고 앉았다.

"차라리 빨리 죽여줬으면 좋겠지?"

"어, 으응!"

황보악은 고개를 끄덕였다.

추산은 주위를 두리번거리다 돌멩이 한 개를 주워 들었다.

"너 그 말 들어봤느냐? 역지사지?"

"으응!"

"무슨 뜻이야?"

"입장 바꿔 생각해 보란 말."

"그래, 아주 똑똑하구나. 네놈이야말로 입장을 바꿔 생각해 보거라. 내가 네놈 아버지를 죽였어. 그럼 날 간단히 죽이겠느냐?"

멈칫!

빠악!

돌로 얼굴을 찍었다.

"빨리 대답 안 해?"

"으으! 아, 아니."

"우리 아버지 어떻게 했느냐?"

"부하들에게 쫓기다 여기까지 몰려왔어."

추산이 추궁하듯 말했다.

"그리고?"

황보악은 고통으로 눈물을 흘리며 말했다.

"부, 부상을 심하게 입었지. 아니, 부상의 절반은 이… 미 성과사에서 공후 선사와 싸… 우며 입은 거야. 우린 반… 밖에 남… 기지 않았어."

추산은 황보악을 날카롭게 쏘아보았다.

혀가 찢어져 한마디 내뱉을 때마다 온몸이 전율로 뒤덮였지만 추산이 무서워 말을 하지 않을 수가 없었다. 온몸의 힘을 쥐어짜며 말했다.

"우, 우린 공격하지 않… 았… 어."

"무슨 소리냐?"

"아, 아버지가 그냥 뛰어내렸어. 물론 우리의 공격으로 몸은 거의 죽은 것이나 마찬 가지였지… 만."

퍽!

추산의 손에 쥔 돌멩이가 입을 찍었다.

"끄어어어!"

푹!

푸푸푹!

황보악이 짐승 같은 울음을 토했다. 추산의 폭력은 좀체 멈추지 않았다. 발로 짓밟고 돌로 찍기를 수십 차례, 황보악의 몸이 축 늘어졌다. 그러나 황보악은 아직 숨을 쉬고 있음이 볼록이는 가슴에서 드러났다.

추산이 주위를 살피더니 한쪽에 떨어진 단섬도를 주워 들었다. 양손으로 칼을 쥐고서 황보악을 향해 말했다.

"가라. 지옥으로."

촤악!

칼이 대각선을 그었다.

움찔!

벼락에 맞은 듯 몸을 떨며 황보악이 눈을 떴다.

파르르!

부릅떠진 황보악의 눈은 심하게 떨리고 있었는데 입에서 말이 흘러나왔다.

"사, 살려… 줘."

촤앙!

다시 허공에 도광이 번쩍거렸고 심장에 칼이 꽂혔다.

황보악은 사지를 바둥거리다가 이내 잠잠해졌다.

추산은 죽은 황보악을 보며 중얼거리듯 말했다.

"황보세가의 쥐새끼 한 마리도 살려주면 내가 개다."

추산은 단룡애 끝에 우뚝 섰다.

황보악의 말을 빌리면 부친은 죽어가고 있었다고 했다.

슈우욱!

망설이지 않고 추산이 뛰어들었다.

무려 일백여 장 가까운 까마득한 단애.

더구나 사방이 캄캄한 밤인데도 추산의 동작은 거침이 없었
다. 귓가로 바람이 스치고 옷자락이 찢어질 듯 펄럭거렸다.

파파팡!

추산의 몸은 물속의 고기를 잡기 위해 떨어지는 한 마리 맹
금류였다.

풍덩!

이윽고 강으로 떨어진 추산은 깊숙이 빠져들어 갔다.

최소한 충격을 완화시켰지만 온몸이 바위에 부딪힌 듯 얼얼
했다. 추산의 몸이 다시 솟구쳐 올랐다. 엄청난 소용돌이가 몸
을 가라앉히려 했지만 어려서부터 물놀이를 하며 자랐기에 헤
쳐 나오는 데는 그다지 어렵지 않았다.

소용돌이를 빠져나온 추산의 머리는 회전하기 시작했다.

―일단 힘이 없기 때문에 물길에 떠내려 갈 것이다.

절대 아버지가 죽었다고 생각하지 않았다.

아버지는 강한 분이셨다. 강호에서 강한 그런 강함이 아니
라 어떤 위기와 어려움 앞에서도 좌절하지 않는 그런 분이셨
다. 한가닥 숨결만 붙어 있다면 절대 포기하거나 주저앉지 않
을 분이었다.

거꾸로 몸을 뒤집고 수면에 누웠다. 그러자 빠른 물살에 의
해 아래로 흘러가기 시작했다.

추산은 흐름에 몸을 맡겼다.

마음 같아서는 당장 뭍으로 나와 운기조식으로 입은 내상을
다스리고 싶었지만 그럴 시간이 없었다.

얼마쯤 흘렀을까. 서편의 반달이 자취를 감추고 사방이 더
욱 어두워질 때쯤 뭔가에 툭 하고 걸렸다.

추산은 몸을 뒤집고 보았다.

강 한쪽으로 모래 둔치가 나타났다. 추산은 몸을 일으켰다.

온몸이 떨려왔다. 이대로 가다간 자신의 목숨도 위태로워질
성싶었다. 하는 수 없이 추산은 곧바로 바닥에 결가부좌를 하
고 운기에 들어갔다. 운기를 하는 동안 동쪽 하늘이 밝아 왔
다.

*   *   *

한 사내가 채 가시지 않는 어둠을 뚫고 낙양의 저잣거리를
들어섰다. 먹물 같은 긴 흑의에 어깨까지 내려온 흑발은 가지
런히 묶었으며 머리에는 죽립 하나를 눌러썼다. 옆구리에는
검 한 자루가 비스듬히 걸려 있었는데 깨어나지 않고 있는 저
잣거리를 바라보며 조용히 중얼거렸다.

"아직 이르군!"

사내는 길가에 있는 작은 바위를 향해 걸음을 움직였다. 그

런데 좌우로 몸이 기우뚱거렸다.

사내는 절름발이였다. 한 걸음 내딛을 때마다 왼쪽으로 상체가 지나치게 기울었다가 다시 올라오기를 반복했다.

척!

바위에 엉덩이를 걸친 사내는 아직 사라지지 않는 하늘의 별빛을 보며 중얼거렸다.

"고향 별은 언제 봐도 아름답다!"

사내는 한동안 회상에 젖듯 하늘을 올려다보았다. 사내의 두 눈이 무수한 별들이 밝아 오는 새벽에 의해 점차 빛을 잃어가고 있었다.

덜커덩!

어느 곳에선가 문을 여는 소리가 들려오자 사내의 고개가 돌아갔다.

좌측 이십여 장 전면에 작은 주루가 문을 열었다. 십오육 세쯤 되어보이는 점소이가 문을 열더니 빗자루를 들고 문 앞을 쓸기 시작했다.

피식!

점소이를 바라보던 흑의사내가 실소를 흘렸다.

흑의사내가 절뚝거리며 문 앞을 쓰는 점소이를 향해 다가갔다. 누군가 다가오는 기척을 느낀 점소이가 비질을 멈추고 고개를 들었다.

검은 흑의에 죽립을 눌러쓰고 절뚝거리며 다가오는 흑의사내를 바라보는 점소이 눈이 가늘어졌다. 자신의 가게를 향해 찾아오고 있음이 분명했다.

그렇다면 서둘러 대책을 세워야 한다.

점소이 생활 칠 년 동안 배운 것이 하나 있다면 아침 손님을 철저히 가려 받아야 한다는 것이었다. 문을 열고 첫손님을 어떻게 받느냐에 따라 그날 하루 장사가 좌우되는데 가장 피해야 할 손님이 세 부류가 있다면 첫째가 여자이다.

이들은 절대 안 된다. 두 번째가 장애인이고 세 번째가 무림인이다. 특히 무림인들을 기피하는 가장 큰 이유는 먹고 튀기 때문이다. 그나마 낮에 사람이 많을 때 들어오면 주위 눈이나 또는 자신보다 강한 고수가 있을지도 모른다는 생각에 함부로 무전취식을 감행하지 못하지만 이른 아침은 다르다. 아무도 없는 텅 빈 주루야말로 자신의 것이라고 해도 무리가 없을 만큼 무전취식의 좋은 기회이다.

그런데 다가오는 상대는 무림인에 절름발이, 즉 장애인이기까지 했다. 이건 절대로 받아서는 안 될 인물이었기에 큰 소리로 외쳐 가로막았다.

"잠깐!"

흑의사내가 바라본다.

하지만 죽립을 깊숙이 눌러쓰고 있어서 얼굴을 알아볼 수는 없었고 알아보고 싶지도 않았다.

"미안하지만 우린 아직 영업을 하지 않소. 그러니 다른 곳으로 가보시오."

흑의사내가 조용히 말했다.

"영업을 하지 않으면 왜 문을 열었느냐?"

멈칫!

점소이 눈이 커졌다.

재수없는 절름발이 주제에 어디서 감이 말대꾸냐고 외치고 싶었지만 검을 차고 있었다. 검을 찼다고 해서 모두 두려워해야 할 상대는 아니지만 재수없으면 아까운 청춘 날아간다.

"우린 진시부터 영업을 하오. 청소가 끝나기 전까지는 일체 손님을 받지 않소."

점소이 입가에 미소가 돌았다.

자신이 생각해도 너무 절묘한 거짓말이자 대책이었다.

진시쯤 되면 저잣거리가 열리고 사람들이 가게에 들어온다. 그때가 되면 첫손님도 아닐 뿐더러 사람들이 많기 때문에 무전취식은 꿈도 못 꿀 것이다.

"언제부터 그런 규칙이 생겼느냐. 내가 아는 칠각객점의 주인 고 늙은이는 워낙 욕심이 많아 낙양의 객점과 주루 중 가장 늦게까지 문을 열고 아침 일찍 여는 것으로 정평이 나 있다. 또한 문을 여는 즉시 손님을 받지 한 시진 후에 손님을 받는다는 말은 금시초문이구나."

화악!

점소이의 눈이 커졌다.

"가서 뜨거운 국물이 있는 생압탕 한 그릇을 가져오너라. 아, 후추는 넣지 말라고 해라. 난 후추를 싫어하느니라."

"아, 안 된다니까? 재수없게 어딜 들어가."

이렇게 되면 몸으로 막는 수밖에 없었다.

번쩍!

순간 죽립 아래서 섬광이 피어났다.

점소이는 흠칫 하며 뒤로 한 걸음 물러났다.

"동신중, 네놈 간덩이가 부었구나."

"으헉!"

점소이는 소스라쳤다.

흑의사내가 자신의 이름을 알아본 것이다.

"한 번만 더 안 된다는 그따위 헛소리를 지껄이면 모가지를 잘라 버리겠다."

"누, 누구?"

흑의사내가 매섭게 쳐다보더니 죽립을 벗었다.

죽립이 벗겨지고 이십대 초반의 준수한 청년의 얼굴이 나타났다.

"으헉! 호, 혹시 차, 차오 형님!"

"훗훗! 그래, 나다. 동신중, 어떻게 시간이 오래 지났는데도 날 알아보는구나. 그간 잘 있었느냐?"

꿀꺽!

동신중은 너무 놀라 대답을 못하고 침만 삼켰다. 눈앞이 노래지고 갑자기 아랫도리가 후들거린다. 동신중은 이건 꿈이라고 생각하며 혀를 깨물었는데 아프다.

"진짜 차오 형님이십니까?"

"왜, 아니었으면 좋겠느냐?"

목소리는 물론이고 생김새가 그대로였다. 추산에게 두 번째 칼을 맞고 아무도 모르는 깊은 밤 낙양을 도망치듯 떠났던 차오가 돌아 온 것이었다.

누구보다도 차오에 대해서는 잘 안다.

성격이 난폭하고 잔인하다. 즉, 그가 돌아온 것은 보나마나 뻔했다.

—복수!

차오는 어느새 객점 안으로 사라지고 보이지 않았다.

그때 고 노인이 다가와 버럭 소릴 질렀다.

"쳐죽일 놈아. 저런 병신을 아침부터 맞아들여 뭘 어쩌겠다는 것이냐? 아무리 검을 차고 있어도 그렇지."

"몰라요?"

동신중이 물었다.

고 노인이 눈을 부릅뜬다.

"뭘 몰라?"

동신중이 낮은 목소리로 말했다.

"누군지 압니까? 차오예요, 차오."

"차오라니. 차오가 누구야? 설마 그 차오?"

고 노인의 눈이 커졌다.

동신중은 마른침을 삼키며 고개를 끄덕였다.

"뭐, 뭣이 정말이냐? 차오가 돌아왔단 말이냐?"

고 노인의 안색이 창백해졌다.

차오가 떠나기 전 저잣거리 주인은 맹패광이었다. 차오는 맹패광이 주먹질 몇 수까지 가르쳐 줄 만큼 아끼는 후배이자 차기 후계자였다. 그러나 맹패광은 몰라도 저잣거리에서 차오를 좋아하는 사람은 그다지 많지 않았다. 아무 객점이나 들어와 공짜 밥을 먹고 돈까지 뜯어가기 때문이었다. 하지만 맹패광이 애지중지 아끼기 때문에 겉으로 불평불만을 토로할 수는 없었다.

그러면서 객점과 주루 주인들은 추산을 차오 대신 옹립하기 위해 나름대로 많은 노력과 애를 썼다. 문제는 그 모든 상황을 차오가 알고 있다는 것이었다. 그래서 더욱 차오는 추산을 경계했고 자신이 맹패광의 뒤를 이어 저잣거리를 잡으면 결코 고 노인을 중심으로 하는 추산 추종세력들을 가만두지 않겠다고 술만 마시면 외쳐 말했다.

"이럴 때가 아니다. 넌 당장 육방에게 달려가거라."

"가서요?"

"차오가 나타났다고 말해야지."

육방 또한 나이는 자신이 많은데 맹패광이 차오를 후계자로 세우려 하자 노골적인 불만을 드러냈고 절대 그 밑에 엎드릴 생각이 없다고 공공연하게 떠들고 다녔다.

육방의 집은 낙양 저잣거리에서 조금 떨어진 태옥촌이라는 작은 마을에 있었는데 제법 행세깨나 하는 사람들만이 모여

사는 곳이었다. 그래서 낯선 인물이 동네에 들어오면 금방 눈에 띄었고 소리 소문 없이 연락이 닿는다.

마을을 관통하는 골목을 따라 맨 안쪽으로 올라가면 육방의 집이 있었다. 육방의 집에 도착했을 때 마당에는 패거리들 십여 명이 일어나 무예 수련을 하고 있었다.

추산이 다녀가면서 저잣거리의 중심은 완전히 피광에서 육방으로 건너왔다. 피광도 조용히 자신의 사업에만 몰두할 뿐 더 이상 육방을 간섭하거나 끼어들지 못했다.

"아니, 신중이 아니냐?"

수련을 하던 막태가 동신중을 알아보고 다가왔다.

"어서 문 좀 열어주십시오, 형님."

막태가 문을 열어주며 물었다.

"아침부터 여기까지 네가 웬일이냐?"

동신중 주위로 패거리들이 몰려들었다.

동신중은 숨을 헐떡거리며 말했다.

"큰일났습니다. 차오가 돌아왔습니다."

순간 막태의 눈이 커졌다.

"차오라니, 추산 형님에게 아작 나서 떠난 그 차오 말이냐?"

"예, 그 차오가 돌아왔다니까요? 무림인이 되어서 말이에요."

"무슨 말이야. 차오가 어딜 왔다 그래?"

"차오. 차오."

사내들은 아직 실감을 하지 못하는 듯 서로를 마주보며 중얼거렸다.

"자세히 말 좀 해봐. 차오가 언제 들어왔고 지금 어딨어? 행색은 어때?"

동신중은 보았던 그대로를 얘기해 주었다. 그러자 사내들 안색이 더욱 굳어졌다.

"무림인?"

"으음!"

장내는 갑자기 침울한 분위기로 빠졌다.

그때 묵직한 음성이 들려왔다.

"수련들 하지 않고 그곳에서 뭐하나?"

육방이 칼 한 자루를 들고 다가오고 있었다.

사내들은 일제히 허리를 숙여 인사했다.

"넌 칠각객점의 동신중 아니냐?"

"네, 큰 형님."

그 사이 수하 한 명이 차오의 등장을 육방에게 말해주었다.

예상대로 육방 또한 크게 당황하는 빛을 띄었다.

"정말 차오더냐?"

"예, 큰형님. 틀림없는 차오였습니다."

잠시 장내는 침묵이 지배했다.

누구도 입을 열지 않았다. 그러는 사이 아침 해가 떠올랐고 사내들은 여전히 침묵했다.

"막태!"

"예, 형님!"

"다시 한 번 네가 갔다 오너라."
"예. 신중, 가자."
떠나려는 막태를 향해 육방이 말했다.
"차오거든 올 것 없이 백룡지에서 날 기다려라."
"알겠습니다."
막태는 동신중과 함께 집을 나섰고 떠나는 두 사람을 바라
보는 육방의 표정은 딱딱하게 굳어 있었다.

차오는 김이 피어나는 음식을 느리게 먹고 있었다. 이곳을
떠나기 전에도 자주 생압탕을 즐겨 먹었다. 물론 낙양을 떠난
삼 년 반 동안 단 한 번도 입에 대지 못했다. 아니 제대로 된 밥
이라고는 입에 넣지를 못했다. 오직 복수의 일념으로 한 자루
검에 모든 것을 걸고 수련에 수련을 거듭했다.
"여기 술도 좀 주시오."
"예예!"
이미 차오라는 것을 전해 들은 또 한 명의 점소이 이확은 신
속히 잠원홍 한 병을 내주었다.
"맛있게 드십시오."
"잠깐!"
돌아서려는데 차오가 부르자 이확은 소스라쳤다.
"예, 손님!"
"훗훗! 알면서 손님이라고 하는구나. 그렇게 내가 껄끄럽더
냐?"

"그, 그게 아니라."

"앉아라."

하지만 이확은 앉지 못했다.

차오가 말했다.

"아직도 난 술은 따라주는 사람이 있어야 제맛이라고 네가 했던 말을 기억한다."

이확의 안색이 굳어졌다.

"소, 소인이 그런 말을 했습니까?"

"한잔 따라보거라."

이확은 하는 수 없이 자리에 앉아 술을 따랐다.

"한 손으로 따르거라. 너와 난 동갑 아니더냐?"

"아닙니다."

"말도 편히 하자. 그래도 넌 날 많이 챙겨주었지 않느냐?"

그건 그랬다.

차오가 처음 저잣거리를 배회할 때부터 남은 음식을 가져다 주었다. 아직 터를 잡지 못하고 날마다 싸움으로 일관하던 차오에게 이확의 그런 도움은 상당한 용기가 되었다.

"뭐해. 받아."

"아, 아닙니다. 전 일을 해야 하기 때문에."

"받아!"

이확은 하는 수 없다는 듯 두 손으로 잔을 들어 올렸다.

"우린 친구라고 했다. 그러니 한 손으로 받거라. 난 오늘 널 죽이지 않을 생각이다."

퍽!

너무 놀란 잔을 떨어뜨렸고 산산이 부서졌다.

이확의 얼굴은 새파랗게 변했다.

죽립 아래 차오의 가는 입술이 움직였다.

"가져오너라."

이확은 일어나 비틀거리며 주방으로 걸어갔다. 그러면서도 머릿속을 떠나지 않는 한마디가 있었다.

"난 오늘 널 죽이지 않을 생각이다."

그렇다면 도대체 누굴 죽일 생각이고 몇 명이나 없애려고 한단 말인가.

또르르!

술을 받는 손이 벌벌 떨린다.

"허험!"

그때 헛기침을 하며 아무 일 없었다는 듯 동신중이 들어섰다.

차오가 술을 따르며 나직한 목소리로 입을 열어 말했다.

"육방 형님은 잘 있더냐?"

"으헉!"

하마터면 그 자리에 주저앉을 뻔했다.

동신중은 가까스로 천정을 떠받치고 있는 기둥을 붙잡고 몸의 균형을 유지했다.

"운이 좋은 줄 알아라. 원래는 너도 죽여 버릴 생각이었는데 살려주겠다."

"으허헉!"

도저히 견딜 수 없었다.

동신중은 그만 주저앉아 버렸다. 그런데 충격으로 주저앉은 사람은 또 있었다. 창밖에 숨어서 차오를 훔쳐보던 막태 또한 쓰러질 듯 엎어졌다. 실로 소름끼치는 무서운 말이었다.

"쥐새끼!"

말과 함께 생압탕 뼈다귀 하나가 허공을 날아갔다.

쾅!

벽을 뚫고 창밖으로 날아가더니 막 자리에서 일어나는 막태의 왼쪽 눈을 뚫어버렸다.

푸욱!

"크아악!"

그때 어느새 나타났는지 차오가 다가왔다.

"차, 차오!"

막태는 기절할 듯 놀라며 뒤로 주춤 물러섰다.

왼쪽 눈에서는 피가 줄줄 흘렀다.

"막태 형님 아닙니까? 이런."

막태는 주먹을 뻗었다.

부웅!

하나 어느새 차오는 막태의 주먹을 피했다.

부웅!

부우웅!

막태의 주먹은 제법 맵다.

그러나 왼쪽 눈을 다침으로 거리 감각이 무뎌진 듯 연거푸 헛손질을 했다. 아니 어쩌면 차오의 무예가 막태가 생각하는 것보다 훨씬 위에 있기 때문인지 모른다고 동신중은 생각했다.

몇 번 휘젓지만 한 대도 때리지 못하자 막태는 제풀에 지쳤다.

"어디냐?"

막태는 입을 다물었다.

차오가 한 걸음 다가서며 물었다.

"어디서 모이기로 했느냐?"

"흐흐! 내 입으로 그걸 말하란 말이냐? 웃기는 소리 작작 하거라."

번쩍!

뭔가 눈앞으로 번쩍였다. 이윽고 오른쪽 귀가 따끔했다. 귀를 만지던 막태는 소스라쳤다. 조금 전까지 멀쩡하게 붙어 있던 귀가 사라졌다.

쉭!

이번에는 왼쪽 귀가 따끔했고 역시 잘려 나갔다.

"아직도 말하고 싶지 않은 마음에는 변함이 없느냐?"

"으으!"

막태의 얼굴에 공포가 떠올랐다.

숙!

또다시 검이 움직였고 싹둑하며 왼팔이 잘려 나갔다. 너무 빨라 피할 엄두를 낼 수가 없었다.

콱!

차오가 다시 검의 손잡이를 쥘 때 막태가 악을 쓰듯 말했다.

"말, 말하겠다."

이번에는 보나마나 오른팔을 자를 것이었다.

막태는 공포에 젖은 얼굴로 말했다.

"배, 백룡지."

"백룡지에서 모이기로 했단 말이냐?"

막태는 거친 숨을 쉬었다.

자신의 목숨이 기로에 서 있었다. 죽을지 살지는 아무도 모르고 오직 차오만이 알고 있었다.

콰아아!

차오의 검이 뻗어나왔다.

"아, 안 돼!"

막태의 목이 몸에서 떨어지고 있었다. 목이 떨어지고 잠시 홀로 서 있던 몸까지 옆으로 소리를 내며 쓰러졌다.

휙!

동신중은 검인 줄 알고 소스라치며 피했다.

그러나 이내 생압탕 값이라는 것을 알아차리고 얼른 주웠다.

차오는 몸을 돌려 저잣거리를 걸어내려 갔다. 어느새 나타

났는지 고 노인 또한 굳은 얼굴로 사라지는 차오를 바라보며
중얼거렸다.

"피바람이 불겠구나. 무자비한 피바람이."

"이럴 때 추산 형님이 있어야 하는데."

추산이 아니고서는 누구도 차오의 검을 막지 못한다는 것이
세 사람의 생각이었다.

아주 작은 연못이지만 한때 백룡이 살았다 하여 백룡지라는
이름이 붙여졌다. 지금도 비가 많이 내리는 날이면 백룡의 울
음소리가 들린다고 하여 용명지라고도 부른다.

육방을 비롯한 이십여 명의 사내가 각종 병기로 무장한 채
백룡지 앞에 모여 있었다. 험상궂게 생긴 사내들이 떼로 몰려
있자 아침 일찍 백룡지를 찾아온 유람객들의 눈이 커졌다. 하
나 뭔가를 직감한 듯 하나둘 조용히 백룡지를 빠져나갔다.

해는 어느새 중천을 향해 줄달음을 치고 있었다.

"왜 안 오지?"

누군가 긴장이 배인 목소리로 말했다.

꿀꺽!

음!

긴장을 하면 말이 적어진다.

사내들 또한 말이 적어졌고 하나같이 침묵으로 일관하면서
백룡지 입구를 바라보았다. 돌아나간 유람객들이 안의 분위기
를 설명한 듯 더 이상 찾아오는 사람들도 없었다.

“누구지?”

그때 한 사내가 들어서고 있었다.

죽립을 눌러썼는데 긴 머리카락이 바람에 휘날리고 있었다.

기우뚱거리는 죽립인의 발걸음을 보며 육방의 눈이 커졌다.

—혹시!

차오는 원래부터 절름발이가 아니었다. 다리를 절게 된 이유는 추산에게 칼을 맞고 나서였다.

“저놈이!”

“설마!”

절뚝거리는 걸음걸이에서 부하들도 뭔가를 느낀 듯했다.

터벅!

터벅!

마치 말이 걸어오듯 발걸음 소리는 자극적이었다.

이윽고 다가온 차오는 육방 패거리들에게 곧장 가지 않고 백룡지를 내려다보았다.

“이 조그만 연못에서 백룡은 어떻게 살았을까. 용이란 대저 십 장 이상의 거대한 괴물인데 말이야.”

누구에게 묻는 건가.

“집이 좁으면 사람도 작아진다는데 용도 그럴까?”

차오는 계속 혼잣말을 뱉었다.

더 이상 참을 수 없다는 듯 한 사내가 나섰다.

“이보시오. 형장은 누구시오? 혹시 우리가 기다리고 있는 차오라는 놈 아니오?”

슝!

말이 끝남과 동시에 차오의 옆구리에 있던 검이 광채를 뿜었다.

큰 소리로 말했던 사내의 눈이 커졌다.

뭔가 다가오는 것 같았고 갑자기 목이 뜨거워졌다.

타타!

자신도 모르게 양손으로 목을 감쌌다.

“어어어!”

자신의 머리가 옆으로 넘어가고 있었다.

“아, 아니야. 이건 아니야…….”

넘어지려는 머리를 바로 세우려 했지만 소용이 없었다.

쿵!

머리가 떨어지고 사내는 목에서 피를 분수처럼 뿜어내며 쓰러졌다.

단 일초에 차오가 동료 한 명을 죽음으로 던져 넣자 모두가 소스라쳤다.

“반갑습니다. 형님.”

육방의 안색은 창백했다.

동신중의 말을 듣고 어느 정도 준비는 했지만 상상 밖이었다.

“어디 나도 베어 보거라.”

"나도!"

두 명의 사내가 동료의 죽음에 분을 이기지 못하고 달려나 갔다.

콰아아!

차오의 검이 또다시 허공을 쓸었다.

"컥!"

"욱!"

단말마의 비명이 터져 나오더니 풍덩 하는 소리와 함께 백룡지로 빠져들었다. 약속이나 한 듯 사내들은 뒤로 한 걸음씩 다시 물러났다. 차오의 입가에 엷은 미소가 떠올랐다.

"그래, 반갑구나. 어서 오너라. 차오."

육방은 두려움을 떨쳐내고 입을 열어 말했다.

애써 입가에 미소까지 띄었다.

"신수가 훤한 것이 만사가 잘 되는 모양이군요?"

"모두가 아우 덕분 아닌가 싶구나."

"호오! 어떻게 내가 떠나 아주 좋았는데 돌아와 기분이 잡쳤다는 말씀으로 내 귀에는 들리는군요?"

"좋은 검이다. 사문을 물어봐도 되겠느냐?"

"천문파라고 들어보셨는지요?"

육방은 깜짝 놀라는 표정을 지었다.

"천문파라면 전설의 일인전승의 문 아니더냐?"

이번에는 차오의 눈이 커졌다.

"어떻게 형님께서 본 문을 아십니까?"

저잣거리 패거리 두목 안목으로는 절대 알 수 없는 문파이다. 강호에서조차도 아는 사람만이 아는 곳이 천문파이다.

천산 어딘가에 가면 철저히 한 명의 제자만을 받아들이는 일인전승문(一人傳承門)이 있다고 했다. 남해검각과 북해빙궁, 내곤륜, 명교와 더불어 천하오대비문(天下五大秘門)으로 불린다. 그들을 존재하지 않는 문파라고 하여 가상의 문이라고도 하지만 이따금 그들의 후예를 자칭하며 나타난 이들이 있었다.

육방 또한 무공의 위력을 절실히 깨달았다. 타고난 객기와 힘으로 저잣거리를 지배한다는 것은 한계가 있었다. 힘의 중요성을 깨닫고 저잣거리를 떠난 대표적인 인물이 맹패광이었다. 어차피 세상은 강자에 의해 지배된다는 사실을 깨달은 맹패광은 미련없이 자리를 넘겨주고 떠난 것이었다.

육방 또한 맹패광의 뒤를 잇고 있었지만 틈나는 대로 무공을 배우기 위해 노력했다. 자신이 입문할 만한 문파를 알아봤지만 생각처럼 만만치가 않았다.

하는 수 없이 하오문을 중심으로 떠도는 무공 비급 몇 권을 구해 부하들에게 나눠주고 자신도 지금 검법을 배우고 있는 중이었다.

"형님, 맹패광 형님께서 하신 말씀 기억하오? 강하면 그것이 선(善)이고 악(惡)이라는 얘기 말이오."

맹패광은 늘상 그 말을 강조했다.

선(善)도 강하지 않고서는 행할 수 없고 강하면 악해진다는 인간의 이중성을 꼬집는 말이었다.

"그런데 난 유감스럽게도 선무사(善武士)가 되지 못하고 악무사(惡武士)가 되었소."

모두를 죽이겠다는 선언이었다.

처음과 달리 육방의 부하들은 완전히 풀이 죽어 있었다.

그들도 천문파에 대한 온갖 소문을 들었다. 나타나지 않았기에 더욱 증폭된 소문으로 혹자는 천하제일문이라고까지 부르기도 했다. 차오가 그런 문파의 후계자가 되었다고 하자 완전히 투기를 잃어버린 것이었다.

"삼 초를 양보해 드리겠소."

무사에게 삼 초의 양보는 후덕한 것이었다.

그러나 문제는 상대가 자신과 비슷한 실력을 갖추었을 때일 뿐이다. 차라리 그냥 공격하는 것보다 지금 차오의 양보는 아주 잔인하기까지 했다.

호랑이가 토끼를 한 번에 사냥하는 건 그다지 잔인해 보이지 않고 토끼 또한 불쌍하게 느껴지지 않는다. 그러나 희롱하듯 가지고 놀다 잡아먹으면 매우 야비하다고 생각할 것이었다.

그걸 모를 리 없는 육방이었다.

하지만 어느새 저잣거리의 우두머리답게 육방의 얼굴은 편안해졌다.

"고맙구나. 도와준 김에 한 가지 더 부탁을 할까 한다."

"말하시오."

“나 한 사람으로 끝내자꾸나. 내 목이면 충분하겠지?”

“후후후!”

“왜 안 되는 것이냐?”

웃음에서 이상한 낌새를 느꼈다.

예상대로 웃음을 그친 차오는 단호했다.

“불가하오.”

육방의 얼굴이 우그러졌다.

“저들은 죄가 없다.”

“내가 떠날 때 누구도 날 막지 않았소.”

“그것이 어찌 죽어야 할 이유란 말이냐?”

“내 맘이오. 난 무척 기분이 나빴고 섭섭했단 말이오. 어느 한 놈이라도 잘 가라고, 아니면 어디서 살든 용기를 잃지 말라고 격려 한 마디만 했다면 오늘 형님말고 누구도 손대지 않았을 것이오. 하나 저기 있는 놈들 중 날 위로한 놈은 단 한 명도 없었소. 그건 곧 한통속이란 말 아니겠소.”

“억지다. 어치피 세상 인심은 승자에게 돌아간다.”

“그거야말로 궤변이오.”

“정말 살려줄 수 없다는 말이냐?”

“입만 아플 것이오.”

그 순간이었다. 한 사내가 벼락처럼 달려들었다.

“사정 안 해, 개자식아!”

그것으로 사내의 생명은 끝이었다.

차오의 검이 뽑혔고 정확히 허리가 양단되어 땅바닥에 떨어졌다.

매끄럽고 군더더기 하나 찾아볼 수 없는 검.

육방은 무겁게 침음성을 흘렸다.

그리고 말했다.

"누구도 경거망동하지 마라. 내가 싸운다."

"무슨 말입니까? 형님 혼자 상대가 된다고 보십니까? 함께 싸우겠습니다."

육방의 눈이 이글거리며 타올랐다.

"내 명령 없이는 절대 움직이지 마라. 다시 반복한다. 내가 공격하라는 명령을 내리지 않으면 절대 공격하지 마라. 이건 명령이다."

장부의 자세라고 생각했다.

비록 밀리는 건 확실하지만 우두머리답게 싸우고 싶었다. 돌아보면 장부답게 살아본 기억이 별로 없었다. 힘을 앞세우거나 수적 우세를 앞세워 약자를 괴롭혀 왔던 떳떳하지 못한 삶이었다. 나중에서야 왜 추산이, 존경을 받고 떠난 맹패광이 사람들로부터 신뢰를 받는지 이해하게 되었다.

그들에게는 공통적인 특징 하나가 있었다.

비겁하지 않았다. 수적 우세를 동원하지 않고, 힘을 내세우지 않고 직접 마음으로 상대를 움직였다. 설혹 차오의 검에 죽는다고 해도 결코 피하지 않으리라 마음먹었다.

챙!

육방은 칼을 뽑아 들었다.

순간 부하들이 뒤로 물러나며 거리를 만들어주었다. 칼을 쥔 육방의 두 눈은 고요했다. 스스로 불리하고 패배할 가능성이 높다는 것을 모르지 않을 텐데도 시선이 흔들리지 않는다는 것은 이미 그가 죽음을 초월했다는 것을 말해주고 있었다.

반면 차오는 뒷짐을 지는 여유를 보였다.

상대가 되지 않는다는 듯 입가에 미소를 머금는다. 아니, 심지어 귀엽다는 듯 실소까지 흘렸다.

노골적인 비아냥에 부하들이 흥분하기 시작했다.

"씨이!"

"저, 저런!"

그때 제이인자인 골용이 말했다.

"조용, 조용! 싸움은 여유가 아니고 기세가 아니다. 저런다고 이기는 건 더욱 아니니 신경 쓸 것 없다."

"그렇지만 기분 나쁘잖습니까. 무시하는 것 같아서요."

"무시당하면 어떠냐? 이기면 된다. 결과가 모든 것을 말한다. 진정한 무사란 상대를 무시하지 않는다. 아직 덜 된 무사들이 상대를 무시하고 얕잡아 보느니."

차오를 향한 은근한 비아냥이었다.

그것은 육방을 돕기 위한 나름대로의 심리전이었다.

차오의 얼굴이 굳어졌다. 골용의 말에 심기가 상한 것이었다. 여유를 보이던 차오의 안색이 매서워지며 서서히 살기를 피워냈다.

차앗!

육방이 먼저 들어갔다.

강자와 싸울 때는 두 가지 방법이 있었다. 늦게 들어가든지 선공을 취하든지. 강자는 좀체 실수를 하지 않는다. 그렇기 때문에 혹시나 하는 우연이나 운을 기대해서는 안 된다. 질 때 지더라도 철저히 내가 원하는 싸움을 해야 한다.

슈욱!

육방의 몸이 번개처럼 날아가며 일도를 내려쳤다. 나름대로 최선을 다했고 부하들 입에서 감탄의 음성이 흘러나왔다.

"역시!"

"과연!"

채앵!

그러나 보기 좋게 차오의 검에 의해 차단당했다.

뒤로 퉁겨 나온 육방은 재차 몸을 추스르고 다시 달려들었다.

콰아아!

혼신을 다한 '동살미오'의 식.

하오문의 총관 매각생에게 선물로 받은 비급 '동국도법' 제 이초였다.

"건방진!"

가소롭다는 듯 차오가 오른손을 쭈욱 뻗었다.

강한 검기가 뻗어나와 육방의 검을 힘껏 후려쳤다.

콰득!

"음!"

숨이 턱 막히고 뱃속이 뜨거워졌으며 오른손이 마비된 듯
꼼짝 하지 않았다.
스으으!
그때 차오가 다가왔다.
강한 충격에 몸속의 기혈은 목구멍을 넘어오려 하고 있고
오른손은 순간의 굳어짐에서 풀리지 않고 있는 위기의 순간이
었다. 하나 나름대로 저잣거리에서 뒹굴며 살아온 백전노장.
적지 않은 위기를 그는 헤쳐왔다.
슥!
번개처럼 왼손으로 품속에 있는 호신용 비수를 꺼내 오른손
팔뚝을 긁었다.
싹!
피부가 베어지며 피가 흐르자 굳어 있던 손이 차갑게 식어
간다.
콰강!
간신히 막아냈지만 뒤로 한참을 물러났고 핏덩이를 토해냈
다. 그러나 차오의 두 눈은 놀라움으로 부릅떠져 있었다. 상대
가 고수였다면 공포를 느낄 만한 행동이었다.
순간적인 강한 힘에 격중되면 약자의 팔은 마비가 된다. 지
금 육방의 팔이 그러했다. 마비된 팔을 가장 빨리 풀 수 있는
것은 피를 빼내는 것이었다.
육방은 과감히 자신의 팔을 베어 피를 흘렸고 공격을 막아
냈다.

─유, 육방 형님이 이런 남자였던가.

"대단하오. 역시 형님답소. 자, 가오."
쉬이이이!
번개 같은 일검.
몸이 떠올랐다고 느끼는 순간 어느새 면전 가까이 이르러 일검을 밀어내는 차오.
'으읏!'
육방은 등줄기가 서늘해짐을 느꼈다.
본능적으로 일도를 휘둘렀다.
한데 상체가 앞으로 쏠렸다. 상체가 앞으로 쏠렸다는 것은 차오의 검을 막아내지 못했다는 뜻이었다. 예상대로 가슴이 뜨겁다.
고개를 숙이자 조금 전까지 보이지 않던 구멍이 가슴에 생겼고 피가 콸콸 쏟아지고 있었다.
육방의 사기가 급속히 식어버렸다.
비록 오 초의 싸움이었지만 최선을 다했다. 하지만 아직 모든 것을 버리기에는 숨이 붙어 있었다.
"차합!"
힘찬 기합을 터뜨리며 거세게 날아갔다.
콰콰콰!
죽을힘을 다해 난도질하듯 내려쳤다.

그러나 칼끝 어디에도 뭔가 걸린 감촉은 없었다. 그 대신 자신의 눈으로 확인할 수 없는 뭔가가 앞가슴을 파고들었다.

푸푹!

"허걱!"

육방은 주춤 걸음을 세웠다.

이번엔 아랫배이다.

피가 아니라 물이 쏟아지듯 한다.

"동살삭원, 동원와살."

연속적으로 동국도법의 오초와 육초가 펼쳐졌다.

콰아아아!

칼이 무서운 속도로 회전을 일으켰다.

칼의 소용돌이.

정상적이라면 어지간한 사람은 칼이 만들어낸 강력한 소용돌이에 휩쓸려 끌려들어 와야 했다. 끌려들어 온 상대를 정확히 난도질하는 것이 동살삭원과 동원와살의 초식이었다. 그러나 상대는 꼼짝도 하지 않았다.

第五章
사 년 만의 해후

검명도살

하긴 너무 큰 배는 어지간한 소용돌이에도 꿈짝하지 않고 지나쳐 버린다.

차오는 육방이 끌어당기기에는 너무 큰 배였다.

커다란 범선이었고 산악이었으며 육방에게만큼은 어찌해 볼 수 없는 절대고수였다.

쩌어엉!

둥근 원을 그리던 육방의 칼이 단 한 방에 날아갔다.

풍덩!

칼은 급기야 백룡지 안으로 빠지고 말았다.

맨손이 된 육방의 몸은 처참했다. 가슴과 복부에서 흘러나온 피로 붉게 물든 몸은 지옥의 아수라였다.

와직!

이가 없으면 잇몸이라던가. 육방은 두 주먹을 쥐었다.

“후후후! 지금 뭐하는 거요?”

“놈!”

슈아아아!

혼신을 다해 달려들었다. 그러나 거리를 좁히기도 전에 차오의 검이 먼저 날아왔다.

싸아악!

“크헉!”

육방의 왼팔이 잘려나가 떨어졌다.

육방의 얼굴에 당황한 표정이 떠올랐다. 자신의 몸에 이십오 년을 붙어 있던 신체 일부가 땅바닥에 떨어지자 이상한 감정에 휩싸인 것이었다.

촤악!

차오의 검은 용서가 없었다.

이번엔 오른팔이다.

“멈춰랏!”

부하들이 외쳤지만 소용없었다.

툭!

투투투!

두 다리에 이어 몸통이 바닥에 굴렀다.

육방은 눈을 깜빡거렸다.

멀어지는 의식을 잡기 위해 혀를 깨물었다.

“형님!”

“물러서라!”

부하들이 다가오려 하자 냉엄하게 소리쳤다.

육방의 시선이 차오를 향했다.

“다… 시 한 번 부탁한다. 내 동생들을 지켜… 다… 오.”

그 말을 끝으로 육방은 숨을 거두었다.

“큰형님!

“안 됩니다.”

부하들이 달려들려 하자 차오가 막아섰다.

“움직이지 마라.”

주춤!

부하들은 걸음을 멈췄다. 그러나 두 눈에서는 무서운 살기를 폭사했다.

“꿇어라. 그럼 살려주겠다.”

차오의 눈이 가늘어졌다.

“날 받들겠다고 피의 맹세를 하라. 그럼 모든 걸 덮겠노라.”

그때 누군가 외쳐 말했다.

“차라리 죽여라. 우릴 뭘로 보고… 컥!”

사내의 목이 떨어졌다.

차오는 다시 말을 이었다.

“과거는 불문에 붙이겠다. 앞으로만 존재할 뿐이다. 내 밑으로 들어와 충성을 바치거라.”

이인자 골용이 한 걸음 앞으로 나섰다.

"산다고 살아가는 것이더냐? 죽어도 살아 있고 살아도 죽는 것이 있다. 네 밑으로 들어가는 것은 살아도 죽는 것이다."

부르르!

차오의 검이 강한 경련을 일으켰다.

골용은 아랑곳하지 않고 말했다.

"불사이군이라는 거창한 말을 들먹이지 않더라도 우린 널 모시고 싶은 마음이 없다. 널 주인으로 섬기느니 지나가는 개새끼를 섬기겠노라."

골용은 지나가는 개를 가리키며 말했다.

"그렇지 않느냐, 개야?"

"흐흐흐!"

"히히히!"

사내들이 웃었다.

차오의 안색이 흙빛으로 굳어졌다.

"끄으으! 한 놈도 살려두지 않겠다."

콰아아!

가장 먼저 골용을 향해 돌진했다.

골용이 칼을 들어 올렸다. 그러나 그보다 차오의 검이 훨씬 빨랐다.

"크아악!"

뒤이어 차오의 신형은 사내들 속으로 뛰어들었다.

"감히 날 조롱하다니."

화라락!

콰아아!

차오의 분노 가득한 검이 사내들을 쓸어갔다. 육방의 부하들 또한 온 힘을 다해 마주 대항했지만 도저히 상대가 되지 않았다. 그들이 지닌 힘이라는 것은 고작 저잣거리 힘없는 장사꾼들에게 먹힐 정도일 뿐이었다.

푹!

콰지직!

차오의 검은 성난 폭풍처럼 사내들을 휩쓸어 버렸다.

"큭!"

"악!"

차오의 검이 강함을 인정했다. 하지만 이토록, 무려 스무 명 가까운 자신들이 벌떼처럼 달려드는데도 옷깃도 베지 못하자 모두가 차오의 위력을 인정했다.

―오늘 우리는 죽는다!

그렇다고 두렵거나 차오의 말처럼 그 밑으로 들어가고 싶은 마음은 추호도 없었다. 한 입으로 두 말을 하기는 절대 싫었다. 차오가 그렇다고 나이가 어려서가 아니었다. 나이가 더 어린 추산이라면 충성을 맹약했을 것이나 차오는 달랐다. 그 이유는 한 가지 때문이었다.

―관용에 서툴다.

차오와 추산의 차이였다.

추산은 가급적 눈을 감아주고 용서를 즐겨하며 웃음으로 포용한다. 그러나 차오는 부하의 실수를 결코 용서하지 않았다. 엄격하고 법대로만이 자신의 권위가 선다고 생각한다.

뚝!

차오의 칼이 멈췄다.

모두가 죽고 단 한 명이 생존해 있었다. 생존자는 육방의 밑에서 삼인자 노릇을 하던 도치였다.

뚝뚝!

차오의 검끝을 타고 피가 줄줄 흘러내렸다.

도치의 안색은 창백했다. 싸울 때는 미처 몰랐는데 자기 혼자 살아남았다는 사실이 더욱 온몸을 오그라들게 했다. 살아 있는 것이 이토록 두렵고 무서운 것인 줄 오늘 처음 알았다. 여럿이 표적일 때는 몰랐는데 혼자 표적이 되자 정신이 없었다.

"너도 그러냐? 내 밑에 들어올 의향이 없느냐?"

차오의 눈이 형형하게 빛났다.

꼭 자신을 끌어들이기 위해 묻는 질문은 아니라는 것을 알 수 있었다. 어쩌면 그 많은 사람 중 한 명도 자신의 편이 되길 싫어한다는 사실이 차오를 미치게 만드는 것인지도 몰랐다.

"말해라. 내 밑으로 들어오겠다고 대답만 해라. 아니, 대답하기 싫으면 고개라도 끄덕여라. 그럼 넌 살 것이다. 살 수 있을 뿐만 아니라 내가 지닌 검법도 가르쳐 주겠다."

그것은 차라리 읍소였다.

자신을 가르쳤던 사부는 분명히 말했다.

"삶에서 가장 괴로운 것이 뭔지 알더냐? 사람으로부터 외면받
는 것이니라."

자신은 지금 철저히 외면을 받고 있었다.

그것도 다름 아닌 고향에서 말이다. 그건 실패였고 앞으로
두 번 다시 고향에 발을 붙일 수 없다는 의미이기도 했다. 자
신의 검이 무서워 사람들은 말을 들을 것이며 내놓을 것이다.
하지만 그건 어디까지나 자발적인 것이 아니라 검이라는 무서
운 흉기 때문이지 결코 자신의 인품 때문이 아니었다.

"마웅에게 배신자가 많은 이유는 바로 검으로 부하들을 다스
리기 때문이니라."

사부는 산을 내려올 때 분명한 어조로 말했다.

검은 최후의 수단으로 사용하라고.

하나 산을 내려오면서부터 차오의 마음은 이미 낙양에 가
있었다. 가장 먼저 자신을 친 자들을 모조리 찾아내어 공포에
벌벌 떨게 하고 싶었다.

그런 다음 한 명씩 세상에서 가장 고통스런 죽음을 주겠다
고 마음먹었다.

그리고 그렇게 무자비한 학살을 감행하면 모두가 겁을 먹고 자신에게 철저히 복종하리라 마음먹었다. 어중간한 자비와 중용보다는 단호한 피의 의지를 내보이면 알아서 이뤄지리라 생각했다.

"말해라."

"말하겠다. 날 죽여라."

화악!

차오의 눈이 커졌다.

이토록 많은 동료의 죽음을 보았다면 살려달라고 매달릴 법도 했다. 더구나 자신이 배운 검법까지 가르쳐 준다고 하지 않았던가.

"난 무식하오. 그래서 복잡한 건 딱 질색이지만 한 가지는 알고 있소이다. 행동통일."

"해, 행동통일? 그것이 무엇인가?"

"죽어도 같이 죽고 살아도 같이 사는 것이오."

"우아아아!"

차오는 커다란 외침을 터뜨리며 도치를 향해 검을 휘둘렀다.

퍼퍼퍼퍼!

도치의 몸은 순식간에 난도질당했다.

목숨이 끊어지고 사지가 떨어져 나갔지만 차오의 검질은 멈추지 않았다.

피를 흠뻑 뒤집어쓰고서야 멈췄다.

*   *   *

　추산은 무려 삼주천을 하고서야 눈을 떴다. 보통 운기조식을 하면 일주천이다. 부상이 심할 경우 이주천인데 그만큼 상태가 좋지 않았음을 뜻했다. 운기조식을 했다고 해서 내상이 완치되지는 않는다. 운기조식으로 치료되는 내상이 있고 약물과 침을 병행하는 치료를 받아야 나을 상처가 있었다.

　추산은 자리에서 일어났다.

　흠칫!

　추산의 눈이 커졌다.

　먼동이 터오기 시작하는 모래 둔치로 사람의 발자국이 찍혀 있었다. 추산은 재빨리 발자국을 향해 달려갔다. 발자국은 끌려 있었다. 한 발 한 발 적당한 거리도 아니었다. 그것은 누가 봐도 심하게 부상을 입은 사람이 지나갔음을 말해주고 있었다.

　추산은 흥분을 감추지 못했다.

　괜히 삼주천까지 했음을 후회하며 발자국을 따라 나섰다. 둔치가 끝나고 숲이 나타났지만 사람이 지나간 흔적은 그대로 있었다. 숲은 조그만 산등성이었는데 성괴사가 있는 봉황산 지류였다. 산등성이를 넘어서자 십여 가구가 몰려 사는 조그만 마을이 나타났다.

　숲이 끝나고 마을에 이르자 발자국이 사라졌다.

발자국이 사라졌다는 것은 두 가지로 분석해 볼 수 있었다. 지면이 딱딱해져 흔적이 찍히지 않았다는 것과 아예 마을로 들어서지 않고 숲을 빙 돌아 떠났다는 것이었다.

추산은 딱딱한 바닥을 좀 더 면밀히 관찰했다.

아무리 가벼운 사람도 땅을 밟고 지나가면 작은 흔적이 남는다. 그러나 아무리 살펴도 어떤 흔적도 발견되지 않았다. 더구나 목숨이 경각에 달할 만큼 위험한 상태이기 때문에 흔적은 더욱 또렷하게 남는다.

하지만 추산은 쉽게 단념하지 않고 심각한 시선으로 마을을 살폈다.

그리고 무려 한 시진 만에 한 가지 결정을 내렸다.

―있다!

마을은 평소처럼 아침이 되자 여기저기 밥을 짓는 연기가 피어났고 진시가 되자 아침을 먹은 사람들은 산이나 들로 일을 나갔다. 누가 봐도 어디서나 흔히 볼 수 있는 평온한 마을 분위기이다.

이제 마을에는 아이들이나 일을 할 수 없는 늙은 노인들만 남았을 것이다.

―내가 다쳐 급히 이 마을로 도망쳐 들어왔다면!

추산은 과연 자신 같으면 어떤 행동을 할까 생각하기 시작
했다.

일단 산을 끼고 있는 마을이기 때문에 내외상에 좋은 약초
를 찾았을 것이다. 그리고 다음은 만약을 대비해 단 한 사람도
외부로 나가지 못하도록 막는 일이었다. 누군가 산 밖으로 나
가고 성과사 사태를 알게 되면 충분히 의심하여 소림사 쪽에
고발을 할 수 있기 때문이었다.

그렇다면 어떤 방법으로 한두 명도 아닌 마을사람들을 통제
할 수 있을까. 사람들은 분명히 각 집마다 나오고 있었다. 그
것은 밤새 통제를 받지 않았다는 뜻이었고 더욱 특이한 사실
은 마을에 남아 있는 곳곳마다 기척이 느껴진다는 것이었다.

마을 안에 일을 나가지 않은 사람을 인질로 삼았다면 모두
한곳에 모아야 한다. 그런데 사람들은 모여 있지 않고 각자의
집에 흩어져 평소와 같이 있었다.

─저들이다!

추산은 밭과 산으로 가는 사람들을 바라보았다. 마을에 자
신이 필요로 하는 약초가 없다면 반드시 캐러 나갔을 것이다.
그렇다면 저 사람들 속에 있다고 봐야 한다. 물론 같이 약초를
캐러 나가는 사람은 동네사람들이 다른 행동을 하지 못하도록
틀어막는 인질도 될 것이었다.

추산은 움직였다. 특히 약초를 캐러 산으로 들어가는 세 사

람을 따라갔다.

그중 한 사람을 예의주시하고 있었다. 허리가 구부정한 노인이었는데 지팡이를 짚었다.

추산이 노인을 살피는 이유는 마을에 남아 있는 다른 노인들 때문이었다. 허리가 꼿꼿한 노인도 남아 있는데 구부정한 노인이 지팡이를 짚고 산을 오른다는 것은 일단 이해가 되지 않았다. 물론 허리가 구부정하다고 하여 몸이 더 약한 것은 아니다. 오히려 구부려져도 더 강한 노인들이 많았다.

셋은 한참 산으로 들어가더니 주위를 살피기 시작했다.

―틀림없다!

바위 뒤에 숨은 추산은 확신했다. 자신의 눈에 약초가 적지 않게 보였지만 캐지 않고 계속 살피며 오른다. 그것은 특정한 약초를 캐려는 목적으로밖에 보이지 않았다. 한 명도 아니고 셋 모두가 다른 약초를 놔두고 그냥 지나친다는 것은 누군가의 부탁이나 강요 아래 움직이고 있다는 것을 의미했다.

―아버지다!

지팡이를 짚고 올라가는 노인.

유난히 힘들어한다. 자꾸 소매춤으로 얼굴에 흐르는 땀방울을 닦는다. 이제 막 산에 오른 지 얼마 되지 않았기 때문에 땀이 나올 만큼 고되지는 않을 터.

추산은 다가갔다.

휙!

예상대로 추산이 나타나자 가장 먼저 인기척을 느끼고 돌아본다.

멈칫!

완전히 변장한 칠십 대 노인.

그러나 추산을 보더니 짚고 있던 지팡이를 떨어뜨렸다.

부르르!

노인은 온몸을 떨었다.

"이, 이런 일이."

노인은 자신의 볼을 꼬집더니 뺨을 철썩 소리나게 때렸다.

하지만 여전히 눈앞에 서 있는 추산.

"사, 산이더냐?"

추산은 대답하지 않았다.

노인은 다시 물었다.

"내, 내 아들 산이가 어떻게 여기에?"

추산은 버럭 소릴 질렀다.

"그 못생긴 면구나 벗어요."

"아, 알았느니라."

면구를 벗자 추작도의 모습이 나타났다. 한데 안색이 창백했다.

"많이 다쳤어요?"

“보, 보면 모르겠느냐?”

풀썩!

긴장이 풀린 듯 추작도는 그 자리에 주저앉아 버렸다.

“아버지!”

추산은 재빨리 다가가 부친 곁에 앉았다.

그리고 맥을 짚었다.

추작도가 눈을 부라렸다.

“뭘 알아서 짚느냐?”

추산은 눈을 지그시 감았다.

북리 의원이 말했다, 아픈 사람의 맥은 느리고 힘이 없다고.

“너무 느립니다. 지금 무슨 약초를 찾으십니까?”

“천지유불초를 찾는다. 운기를 해야 하는데 내공이 모이지 않는다.”

흔히 공진 상태라고도 한다.

몸속의 모든 기력이 사라지면 운기조식이 되지 않는다. 되어도 내공이 모이지 않는다. 다시 말해 최소한의 불씨가 일어야 불을 살릴 수 있는데 그 불씨마저 꺼져 버렸기 때문이다. 이때는 두 가지 방법이 있었다.

미세한 양이지만 내기를 심어주는 천지유불초를 비롯한 영초를 복용한다거나 아니면 제삼자로부터 내공을 전이받아야 한다. 추산은 망설이지 않고 아버지를 들쳐 멨다.

훌쩍!

“이, 이놈아!”

“가만 계세요.”

엊그제까지 조그만 아들이었다.

자신이 손수 세수까지 시켜주고 밥까지 떠먹여 주던 추산이 어느새 장성하여 자신을 가볍게 들어 올린다. 아무리 입을 다물려고 해도 다물어지지 않았다.

추산은 근처에 있는 납작한 바위로 부친을 데려가 곧게 앉혔다.

“소자가 진기를 주입할 테니 조식을 취하십시오.”

“지, 진기?”

추작도는 고개를 돌려보았다.

처음 보았을 때 건장한 체구에서 뿜어 나오는 열기가 심상치 않다는 것을 느꼈다. 하지만 지금 행동은 전이대법을 펼치려는 것이 아닌가.

전이대법은 내공을 지녔다고 펼치는 것이 아니다. 절정에 이르지 않고서는 절대 남의 몸에 내공을 전이시키지 못한다. 전이대법 또한 무공의 한 수법이기 때문이었다.

“산아!”

“빨리 고개 돌려요.”

“저, 정말 네가?”

“아, 진짜.”

추산이 짜증스런 표정을 짓자 추작도는 화들짝 놀랐다. 한 번 화가 났다 하면 앞뒤 가리지 않는 추산이었다.

“오냐, 오냐. 앉으마. 앉는다.”

　추작도는 결가부좌하고 반듯하게 허리를 세웠다.

　추산 또한 뒤에 결가부좌하고 앉아 명문혈에 장심을 대었다. 북두심법을 끌어올려 진기를 주입하기 시작했다. 처음에는 미지근한 열기가 들어오더니 도도한 물줄기 같은 열기가 밀려들어 왔다.

　―오오!

　추작도는 감탄을 금치 못했다.

　밀려들어 오는 열기를 보면 상대의 내공이 어느 정도인지 알 수 있었다.

　뜨거울수록 내공이 높다고 보면 된다.

　그런 면에서 명문혈을 통해 들어오는 추산의 내공은 불덩이였다. 금방이라도 온몸을 태울 듯했다.

　―우우우!

　자신도 모르게 경악의 신음을 터뜨리며 추작도는 진기를 받아들이기 시작했다.

　어젯밤 운기조식을 위해 별의별 수단을 다 동원했다. 마을 주민들이 시장에 내다 팔기 위해 캐다놓은 약초 중 좋다는 것은 모조리 복용했지만 소용이 없었다. 그런데 추산의 전이에 단전으로부터 화산 같은 불기둥이 솟구쳐 올랐다.

엄청난 힘이었다.

―어서 소자의 내공을 받아 운기하십시오.

하마터면 비명을 지를 뻔했다.

어떻게 전이대법을 펼치면서 말을 할 수가 있단 말인가. 물론 전혀 못하는 것은 아니었다. 무공이 절정에 이르면 전이대법 와중에 말을 할 수가 있고 육식귀원에 이르면 운기 중에도 말이 가능하다.

추작도는 운기가 된다는 사실보다는 운기 중에 말을 할 만큼 고수가 되어버린 추산의 모습에 흥분을 금치 못했다.

"운기 안 할 겁니까?"

"하, 한다. 해."

너무 감동한 나머지 운기할 생각을 미처 못했다.

추작도는 한 방울의 진기도 남김없이 끌어올렸다. 다른 사람이 준 것도 아닌 하나뿐인 아들이 준 진기인데 어떻게 흘릴 수가 있겠는가. 한 번 일어난 내기는 소멸되지 않는다.

적당한 시간이 되자 추산은 손을 떼고 물러섰다. 이마에 땀방울 몇 개가 붙어 있었다.

추산은 고개를 돌려보았다.

두 명의 촌로는 여전히 약초를 찾고 있었다.

"됐소. 천지유불초는 더 이상 찾을 필요 없으니 돌아가셔서 각자 캘 약초를 캐시오."

키가 작은 촌로가 물었다.

"정말입니까? 가도 되오이까?"

추산은 빙그레 미소를 지었다.

"물론이오. 가셔도 됩니다. 다만 누구에게도 우릴 봤다거나 하는 말씀은 하지 마십시오. 후손들에게 큰 피해가 갈 것입니다."

노인들이 가장 두려워하는 말 중 하나가 후손들에 대한 엄포이다. 후손들이 병에 걸린다거나 큰 액운을 당한다고 하면 천하없는 배포를 지녔어도 꼼짝하지 못한다.

"예예, 우린 어젯밤부터 지금까지 우리 마을에서 있었던 일을 잊겠습니다."

옆의 노인이 눈을 부라렸다.

"우리 마을에 무슨 일이 있었다고 그래, 어서 가자고."

두 노인은 살았다는 듯 서둘러 산비탈을 돌아 사라졌다.

추산은 다시 부친을 돌아보았다.

―엇!

부친을 살피던 추산의 눈이 커졌다.

―육식귀원(六息歸元).

부친의 호흡이 빠르게 이어졌다. 마치 죽을 둥 살 둥 전력을 향해 일정거리를 뛰고 났을 때 헐떡이는 사람처럼 여섯 번을 바르게 숨을 쉬고 멈췄다가 다시 여섯 번을 힘차게 쉰다.

"우욱!"

가슴에서 뜨거운 것이 치밀어 올랐다.

그토록 강해지길 원하시던 부친이었다. 강해질 수 있다면 아수라와도 거래를 할 수 있다고 외치던 부친.

그런 부친이 마침내 육식귀원의 절세의 고수가 된 것이었다.

내공은 흔히 열 단계로 분류한다.

가장 아래 단계가 생사현관(生死玄關:선도에서 말하는 생사의 관문), 즉 임독양맥이 타통되는 것을 말한다. 여기서 기억할 점은 임독양맥이 타통되는 순간 일류고수가 된다는 것이다.

그 다음이 삼화취정(三花聚精:세송이 꽃을 보아 정을 이룬다)이며, 세 번째는 오기조원(五氣調元:다섯 기운을 조절하여 으뜸이 된다)이다.

수련을 거듭하면 노화순청(爐火純靑:화롯불이 맑은 청색이 된다)을 이루는 네 번째 단계에 올라서는데 이때가 되면 안광을 갈무리할 수 있어 겉으로 보면 무공을 전혀 익히지 않은 듯 보일 수 있다. 한 단계가 더 진전하면 귀밑머리가 희어지는데 이를 반박귀진(返撲歸眞:되돌아 참을 가진다)이라고 부른다.

반박귀진의 위 단계는 등봉조극(登峯造極:산봉우리에 올라 극을 이룬다), 일곱 번째 단계는 육식귀원(六息歸元:여섯 호흡이 근본으로 돌아간다), 그 뒤로 반로환동과 입신지경, 또는 출신입

화지경이라 부르고 마지막으로 우화등선이 있다.

아버지의 내공이 일백 년을 넘어서고 있었다. 육식귀원을 이루기 위해서는 최소한 일백 년 이상의 내공이 필요했다.

번쩍!

부친이 눈을 떴다.

쇠를 녹일 것 같은 강한 광채가 뿜어졌다가 이내 보통 사람의 눈빛으로 돌아갔다.

"아, 아버지!"

"이놈!"

부친이 벌떡 일어서더니 추산을 와락 끌어안았다.

"아아!"

추산은 확 부친을 밀어냈다.

부친이 놀란 표정으로 물었다.

"왜, 왜 그러느냐?"

"냄새나잖아요. 좀 씻고 다니세요. 지독해요."

부친의 눈이 커졌다.

"너도 나, 임마. 넌 진짜 더러워."

"우헤헤!"

"푸하하하!"

두 부자는 고개를 젖히고 큰 소리로 웃음을 터뜨렸다.

웃음이 그치자 추산은 정색하고 말했다.

"당장 의원부터 찾아요."

부친이 고개를 젓는다.

괜찮다는 의미였다. 하지만 추산이 보는 부친의 몸은 절반 정도밖에 회복이 되지 않았다.

몸이란 시간이 있을 때 완전히 회복시켜 놓는 것이 좋다. 더구나 자신들은 지금 사방으로 적을 두고 있다. 황보세가뿐만 아니라 소림으로부터 쫓길 수도 있었다.

그러자면 몸을 회복하는 것이 가장 급선무이다.

"틀린 말이 아니구나. 그래, 네 말대로 의원부터 찾자꾸나. 여기서 가장 가까운 곳이……."

"항주입니다."

두 사람은 관도를 버리고 산길을 이용하기로 했다. 관도를 이용하면 훨씬 힘도 적게 들고 수월하게 이동할 수 있지만 신법을 펼칠 수가 없었다.

두 사람은 산길을 따라 몸을 날렸다.

처음에는 나한히 신법을 펼치면서 그동안 있었던 애길 주고받았다. 둘 모두 정사의 전쟁에 투입되었다는 사실에서는 소스라치게 놀랐고 자신이 보낸 돈을 피광이 도중에 가로챘다는 말에 부친은 흥분했다.

"피광, 그 패 죽일 놈을!"

추산은 웃으며 말을 이었다.

옛정을 생각하여 당분간 피광의 사업을 묵인해 주기로 했다는 말에도 부친은 불안한 얼굴이었다. 죽을 고비 넘겨가며 모은 돈인데 망하면 어찌되느냐고 했다.

"망하지 않습니다. 이미 소자가 알아봤는데 피광이 하는 장사가 상당히 유망하며 자금이 탄탄한 관계로 시장을 거의 움직이고 있더군요. 특히 녀석의 잔머리가 절묘하게 돌아가면서 아주 경과는 좋았습니다."

그제야 추작도의 얼굴에 안도의 표정이 떠올랐다.

무공을 강하게 끌어올리기 위해 의도적으로 위험하고 어렵고 힘든 일을 자청했지만 전부는 아니었다. 하나뿐인 아들에게 자신과 같은 고생은 시키지 않으려는 아비로서의 생각이 더 크고 깊었다.

쉬익!

휙!

나란히 날아가다 보니 갈수록 속도가 빨라졌다.

속도가 빨라지자 말이 없어지고 어느샌가 둘 사이에는 신법의 우열을 가리려는 승부욕이 발동되었다.

차아아!

쉬아아!

서로가 전력으로 내공을 끌어올렸고 두 사람의 모습은 화살처럼 구불구불한 산길을 평지처럼 내달렸다.

둘의 신법은 팽팽했다.

숨소리가 조금씩 거칠어졌고 이마에 땀방울이 흘러내렸지만 둘은 멈추지 않았다. 어느덧 삼십 리 가까이 내달렸다. 하나 누구도 포기할 기미를 보이지 않았다.

한데 바로 그때였다. 전광석화와 같은 속도로 달리던 추산이 갑자기 줄 끊어진 연처럼 뚝 떨어져 내렸다. 그 바람에 추작도 또한 삼십여 장을 더 나아갔다가 되돌아왔다.

"왜 멈추느냐?"

그다지 피곤하지 않다는 것을 과시하려는 듯 추작도는 폭발할 듯 터져 나오는 호흡을 강제로 짓누르며 물었다.

"들리지 않으십니까?"

"무슨 소리?"

되물으며 추작도는 귀를 세웠다.

그 순간 추작도의 안색이 변했다. 멀리서 병장기 부딪치는 소리가 들려온 것이었다.

하나 그의 안색이 굳어진 것은 깊은 산속에 병장기 소리가 들려서가 아니었다. 그의 안색이 굳어진 것은 자신은 절대 듣지 못한 소리를 추산은 듣고 신법을 거두었다는 것이다.

ㅡ높다!

추작도는 추산이 자신보다 높음을 인정했다.

두 사람은 조심스럽게 병장기 소리가 들려오는 곳을 향해 접근했다.

일백여 장쯤 다가가자 상당히 넓은 공터가 있었는데 그곳에서 수많은 사람들이 싸움을 벌이고 있었다.

화악!

싸움을 바라보던 추작도의 눈이 커졌다.

공터에서 싸우고 있는 사람은 대략 일백여 명쯤 되었다. 그런데 단 한 사람을 공격하고 있었다. 일백 명으로부터 공격을 받고 있는 한 사람은 놀랍게도 황보곤이었다.

도백으로 불리는 황보세가의 이인자.

"아는 사람입니까?"

"황보곤이라는 분이다."

황보곤이라는 말에 추산의 눈도 커졌다.

눈앞으로 청소혜와 황보산의 얼굴이 떠올랐기 때문이었다. 그 두 모자의 도움이 아니었다면 자신은 죽었을 것이었다.

싸움은 격렬했다.

황보곤은 도백이라는 위대한 별호를 지닌 고수답게 일백 명이란 무사 앞에서도 조금도 흔들리거나 위축되지 않았다. 하나 더 놀라운 것은 그런 도백과 맞서 싸우는 일백 인의 무사였다. 비명을 지르며 무너져 내리긴 했지만 피한다거나 두려워하는 기색은 어디에서도 찾아볼 수가 없었다.

―도수(刀獸).

황보세가의 은둔자들.

칼의 짐승들로 불리며 황보황이 직접 선발하고 가르쳤다는 살인 기계들이다.

"저들이 황보곤에게 칼을 겨눈다는 것은 결국 황보황의 명령이라는 건데?"

추작도 또한 혼란스러운 듯 아무런 대답도 하지 않았다. 워

낙 신출귀몰하고 황보황이 직접 키운 자들이라는 말에 기회만
닿는다면 도수가 되고자 했지만 끝내 길은 열리지 않았다. 명
성을 얻다보면 혹시라도 도수에서 접촉이 오지 않을까 하는
생각 때문에 더욱 악랄하게 앞장서 홍운의 임무에 충실했다.

콰앙!

"컥!

"어억!"

황보곤의 칼은 힘이 있었고 빨랐다. 지금까지 본 칼 중에서
가장 빼어나다고 여겼던 추운도수와 비교해도 상당한 차이가
있었다.

대부분의 싸움, 특히 다수를 상대로 하는 싸움을 보면 뒤로
밀리는 싸움이 주류를 이룬다. 그 이유는 밀리지 않으면 포위
가 되기 때문에 공격해 오는 상대를 마주 치면서 자꾸 뒤로 후
퇴한다. 그러나 황보곤은 달랐다.

그의 성격과 성향이 싸움에서도 고스란히 드러났다.

쉬익!

황보곤의 신형은 달려오는 상대를 향해 마주 나아갔다.

달려가자 오히려 상대가 멈칫했고 그 짧은 틈은 가공할 도
살로 이어졌다.

콰아아!

"캑!"

"끅!"

세 무사의 눈이 공포에 젖었다.

─이렇게 빠른 칼이 있었다니!

　자신들도 한 솜씨 한다고 자부했다. 처음 출동 명령을 받았을 때 자존심이 상했다. 아무리 상대가 황보곤이라고는 하지만 무려 일백 인 모두가 출전한다는 것은 도무지 자존심이 허락하질 않았다. 소림의 백팔나한까지도 자신들과 비교하는 것을 불쾌하게 여겼다.
　촤악!
　슈우우!
　황보곤의 칼은 자유자재였다.
　옆으로 움직이다 길게 떨어졌고 그러다 원을 그리며 무려 다섯 명을 가두더니 벼락처럼 찔러 버렸다.

─이, 일류선!

　추작도의 눈이 커졌다. 조금 전 황보곤이 다섯 명의 사내를 와도류(渦刀流:칼의 소용돌이) 속에 옴짝달싹 하지 못하게 몰아넣고 찔러 버린 것은 틀림없는 자신의 주특기, 일류선이었다.
　하나 추작도가 경악한 것은 자신의 일류선에 비해 결코 뒤떨어지지 않는다는 것이었다.
　사실 추작도가 오기 전까지 일류선은 황보세가에서 묻힌 도법이었다. 너 나 할 것 없이 모두가 파괴적이고 화려한 도법을 추종했을 뿐 누구도 단출하고 보잘것없는 일류선에 눈길을 주지 않았다. 하지만 자신의 나이를 고려한 어쩔 수 없는 선택이 황보세가 무사들의 도법에 대한 인식을 바꾸어 버렸다.

천초를 배우는 것보다 일초를 숙련하는 것이 낫다라는 강호의 속담이 정설로 나타났기 때문이었다.

그런데 황보곤의 손에서 놀라운 일류선이 나왔다. 그건 이미 그가 오래전부터 일류선을 익혔다는 것을 의미했다.

―고수란!

추작도는 한 가지 사실을 깨달았다.

고수란 하찮은 초식도 결코 가벼이 여기지 않는다는 것이었다. 십자파어도법에 일류선이 들어 있다면 반드시 사용 가치가 있기 때문일 것이었고 황보곤은 그 가치를 일찍 깨우쳤는지도 모른다.

쏴아아!

황보곤의 몸이 서쪽 사내들을 향해 돌진했다.

"쳐랏!"

쿠아아아!

슈와아앙!

사내들이 무차별 공세를 펼쳤다.

그러나 황보곤은 피하지 않았다. 정면으로 짓쳐들며 칼을 휘둘렀다.

사내들은 칼로도 부족하여 왼손까지 뻗어가며 황보곤의 공격을 막아내려 했다.

황보곤의 공격이 그만큼 가공했기 때문이었다.

쿡!

쿠쿠쿡!

왼손의 장력까지 쏟아냈지만 소용이 없었다. 황보곤의 칼은 폭풍처럼 사내들을 무자비하게 쓸어버렸다.

싸아아아!

"끄으……."

"푹!"

"털썩!"

추풍낙엽이었다.

하나같이 팔십 년 이상의 절정인 도객들이 믿을 수 없다는 표정으로 목숨을 잃어갔다.

싸움은 계속되었다.

서로가 물러나지 않다 보니 오직 공격만이 전부였고 피와 비명이 산을 메웠다.

황보곤의 백의도 어느새 붉게 물들었다.

"음음!"

추작도는 신음을 흘렸다.

죽음의 계절 겨울을 앞두고 초록의 잎사귀는 붉은색으로 바뀐다. 그것은 죽음을 앞둔 생명의 어쩔 수 없는 변화였다. 황보곤 또한 그런 철칙을 벗어나지 못하고 있었다. 처음과 다르

게 동작이 느려지고 있었다. 절대 범접할 수 없을 것 같았던
신체에도 자꾸 도수의 칼들이 홰를 쳤다.

"윽!"

처음으로 그의 입에서 신음이 흘러나왔다.

추작도는 추산을 바라보았다. 추산은 양측의 싸움에 완전히
매료된 듯했다.

"우우욱!"

황보곤의 굳게 물린 입이 열리며 묵직한 신음이 흘렀다. 오
른쪽 옆구리에서 피가 촬촬 흘러나왔다. 그러나 표정만큼은
아무런 변화가 없었다.

"핫핫! 형님은 역시 대단해. 아니지, 내가 멍청하구나. 이토
록 날 싫어했는데도 눈치없이 사라져 주지 않고 있었다니. 진
즉 죽어 달라고 말을 했으면 아무도 없는 밤, 이런 피해도 입히
지 않고 한 목숨 조용히 끊어 형님을 편하게 해드렸을 것을."

쉬이이!

사내들이 날아왔다.

황보곤은 피하지 않았다. 흐릿한 환영을 남기며 마주 날아
갔다. 그러면서 손에 쥐어진 칼이 완만한 곡선을 이으며 사내
들을 베어갔다.

쉭!

사내들이 일제히 칼을 뻗어 내려친다.

캉!

카카카캉!

바위 하나를 깨기 위해 떨어지는 수십 개의 망치처럼 황보곤을 향해 쏟아지는 칼은 차라리 비였다. 황보곤의 그 칼의 빗속으로 더욱 자신을 던지며 칼을 휘저었다.

챵!

엄청난 반탄지기가 칼끝을 타고 온몸을 뒤흔들었다.

황보곤의 이마가 찌푸려졌다. 온몸의 기혈이 들끓고 몸이 중심을 잃어버렸다.

이십여 명에 가까운 합공은 천하없는 그에게도 엄청난 충격으로 와닿았다. 그러나 여기서 멈출 수는 없었다. 자신은 이미 물에 빠진 사람이었다. 힘들다고 해서 자맥질을 멈추면 곧장 빠지고 만다. 어쩔 수 없이 계속 자맥질을 하는 것말고는 달리 방법이 없었다. 이제 자맥질은 살기 위한 자맥질이 아닌 본능의 자맥질이었다.

콰콰콰!

있는 힘을 다해 칼을 휘둘렀다.

그러나 틈이 생겼고 동작이 느려지면서 몸은 노출되었다.

푹!

푸푸푹!

벌침처럼 몸속을 파고드는 뜨거운 불길들.

“우우우!”

고통 가득한 신음이 터져 나왔다.

남은 숫자는 서른 명 내외.

죽은 칠십 동료의 시신을 밟으며 도수가 다가왔다. 그들의 얼굴은 무표정했다.

무사의 얼굴에 표정이 없다는 것은 지옥을, 즉 혹독한 수련을 밥먹듯이 해왔다고 봐야 한다. 고생을 많이 하고 성장한 무사일수록 표정이 없고 손속에 정이 없는데 눈앞의 도수들이 그러했다. 그들은 주인 황보황의 명령말고는 어떤 것도 가슴에 와닿지 않았다.

바로 그때였다. 황보황의 좌우로 두 사람이 나타났다.

멈칫!

아무런 표정이 없던 사내들 눈이 찌푸려졌다.

추작도와 추산을 보며 공격을 멈추었다.

"엇! 가만, 자네는?"

황보황이 추작도를 발견하고 이채를 띄었다.

"저, 전쟁터에서 만났던……."

집으로 들어와서는 한 번도 만난 적이 없다. 그렇기 때문에 추작도를 기억하는 것은 전쟁터의 일뿐이리라. 더구나 골칫거리였던 극철을 제거함으로 큰 공을 세웠지 않던가.

"오랜만에 뵈옵니다. 대장군."

"자네가 여길 어떻게 왔단 말인가. 여긴 전쟁터가 아닐세. 그리고 전쟁은 끝났네."

추작도는 빙긋 웃음을 지었다.

"이건 전쟁이 아니고 뭡니까?"

"이, 이건 그러니까……."

황보곤은 얼른 대답을 하지 못했다.

그러더니 추산을 보며 물었다.

"자네는 또 누군가?"

"추산이라고 하옵니다. 산이 형님과는 잘 압니다."

황보곤의 눈이 커졌다.

"사, 산이라니. 우리 산이 말이냐?"

"그러하옵니다. 보름 전에도 만났었지요. 뿐만 아니라 송구하지만 삼모님과도 매우 절친하지요."

"절친……?"

무슨 뜻인지 몰라 눈을 둥그레 뜨던 황보곤이 고개를 쳐들고 웃었다.

"으하하! 절친이라, 아무리 늙은 여인이라고 하지만 젊은 자네와 절친하다니까 왜 이렇게 아랫배가 꼬인단 말인가. 정말 우습구나."

황보곤이 웃으며 말했다.

"사내라는 것이 알고 보면 속이 아주 좁아. 생사가 왔다갔다 하는 판국에 내 마누라와 잘 안다는 말에 질투를 느끼는 것을 보면 사내처럼 속 좁은 동물도 없을 거야. 그렇지 않나, 작도. 자네 같으면 어떻겠나?"

추작도가 묘한 표정을 지었다.

"속하 같았으면 당장 칼을 뽑아 들고 길길이 날뛰었을 것입니다."

"나 또한 칼을 들고 날뛰어야 한단 말인가. 우핫핫핫!"

으왹!

기분 좋은 웃음도 오래가지 못했다.

황보곤은 핏덩이를 토했다. 그걸 본 추산의 표정은 어두웠다. 핏속에 내장 조각이 들어 있었다.

천하없는 장사도 핏속에 내장 조각이 들어 있으면 살아남지 못한다. 물론 내공이 심후한 인물이니 당장 죽지는 않겠지만 머잖아 한줌 흙으로 돌아갈 것이었다.

"이쪽으로."

"날더러 쉬라는 건가? 고맙네. 자네 말을 듣겠네."

어지간하면 괜찮다고 할 법도 한데 순순히 따른다는 것은 그만큼 몸이 좋지 않다는 의미이다. 겉으로는 웃고 있어도 속으로는 엄청난 고통에 시달리고 있을 것이 분명했다.

추작도는 그를 한쪽 바위에 걸터앉혀 놓았다.

"구경하고 계십시오. 잠시면 끝납니다."

추작도와 추산은 삼십여 명의 사내를 훑어보았다.

"나누자."

"좋습니다. 소자가 오른쪽 열다섯을 맡겠습니다."

추작도가 고개를 가로저었다.

"아니다. 아비가 어찌 너와 똑같은 숫자를 상대할 수 있겠느냐? 다섯 명을 더 맡겠느니라."

추산은 반대하지 않았다.

"그렇게 하십시오."

그때 두 사람의 태도를 보고 있던 한 사내가 괴소를 터뜨렸다.

“이런 미친 새끼들을 봤나. 뭣들 하느냐. 당장 저 두 놈을 밟
아버리고 도백의 목을 따 가자꾸나.”
슈아아아!
사내들이 달려들었다.
추작도와 추산의 얼굴에는 자신감이 충만했다. 비록 둘 모
두 완전한 몸이 아니었지만 날렵한 움직임으로써 의기충천해
있음을 보여주고 있었다.
쉭!
추작도의 칼이 찔러갔다.
속삭임 같이 아주 빠르고 날렵하다.
“컥!”
멋모르고 앞장서서 들어오던 사내가 정통으로 심장을 찔려
죽었다.
슈슈슉!
칼은 매서웠다.
조금도 틈을 주지 않고 선두에서 오는 사내들을 찔러갔다.
“억!”
“음!”
빛살이요, 바람이었다.
지켜보던 황보곤의 눈이 커졌다. 자신도 일류선을 알지만
자신보다 훨씬 능숙했다.

—가공할 일류선이로다!

황보곤은 입을 쩌억 벌렸다.

일류선의 진면목을 일찍 알아보았다. 그래서 어려서부터 진지하고도 깊이있게 수련을 게을리하지 않았다. 형님 황보황과 집안의 어른들까지도 일류선의 위력을 폄훼했지만 황보곤의 생각은 달랐다. 가장 힘 안 들이고 가장 간단한 무공이야말로 가장 뛰어난 무공이라는 생각을 버리지 않았다.

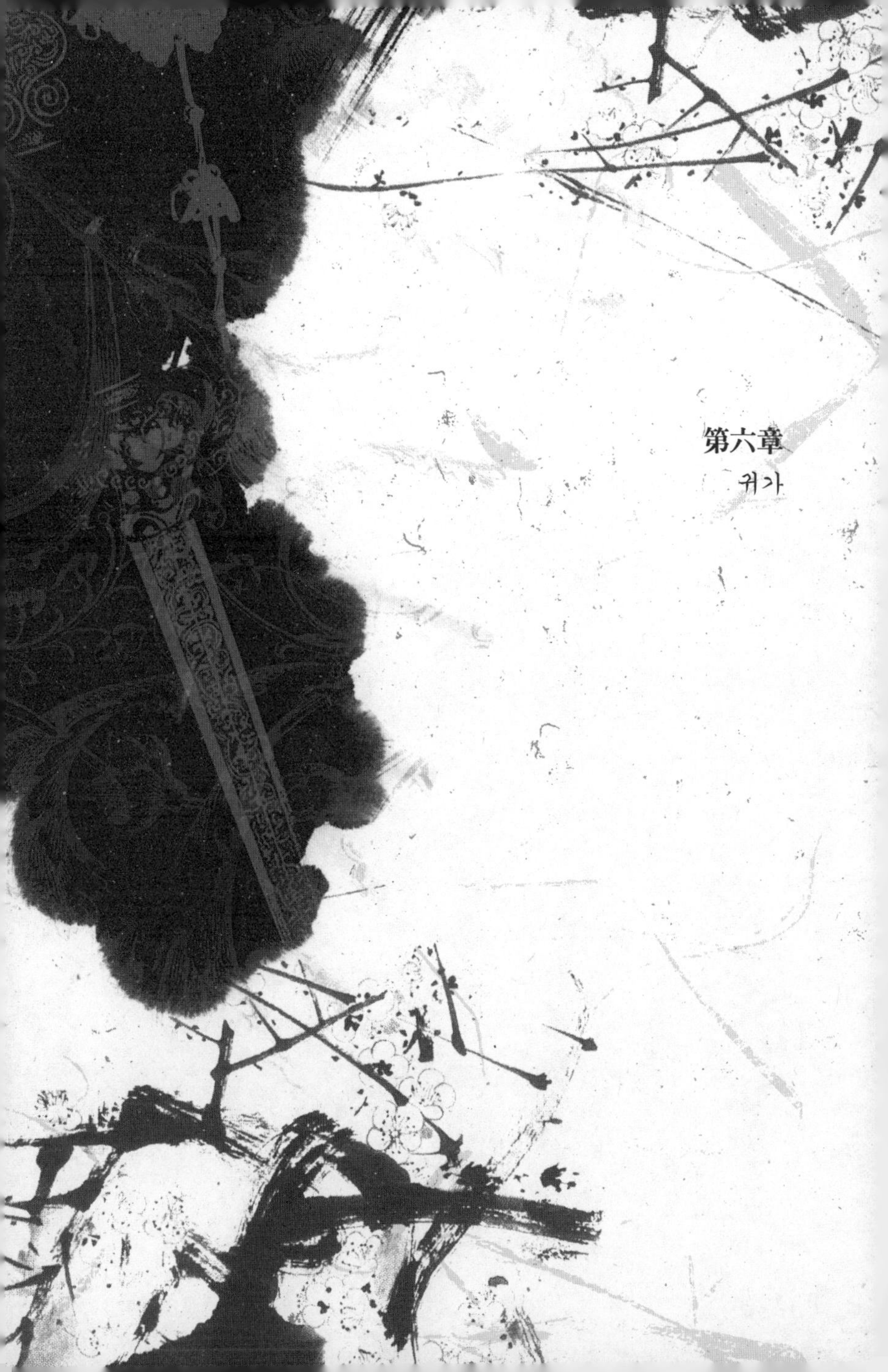

第六章
귀가

검명도살

검명도살

다른 초식 한 번 펼칠 내공이면 일류선은 열 번에서 열다섯 번 가까이를 펼칠 수 있다는 사실이 황보곤의 관심을 가장 끌었다. 아무리 위력적인 무공일지라도 내공 소모가 심하면 상대에게 그다지 위협적이지 못하다. 금새 지친다는 것을 모를 리 없는 상대가 당하는 건 시간 문제였다.

하지만 일류선은 달랐다.

별도의 발도식도 없었고 내기의 흐름을 바꾸고 운용하는데도 그다지 힘들지 않았다. 그냥 단전의 내공을 손으로 끌어내어 찌르면 끝나는 것이었다. 나중에 일류선에 해박해지다 보면 일초에 찌르는 횟수가 갈수록 높아지는데, 이때가 되면 내공 소모가 점차 많아지기는 하지만 다른 초식에 비하면 역시 조족지혈이었다.

일류선이 극성에 이르면 일초에 아홉 번을 찌른다.

강호 어딜 봐도 일초에 아홉 번을 공격할 수 있는 무공은 없다는 것이 황보곤의 지식이었다. 설혹 다른 무공에 그런 초식이 있다고 해도 그건 상상을 초월하는 내공 소모를 불러올 것이 뻔했다.

소림의 달마삼검 중 제이식 달마오호(達磨五虎)라는 식이 있다. 말 그대로 일초에 다섯 마리 호랑이를 드러내는 맹렬하고도 강한 초식이지만 한 번 펼치고 나면 백 년의 내공이 소모된다.

단 한 번 싸우고 나서 기진맥진해 버린 것이다. 물론 십이성에 이른 달마오호를 받아낼 고수는 천하에 없다고 해도 과언이 아니므로 큰 문제가 되지 않을 수도 있지만 만약 있다면 어쩔 것인가. 그것은 죽음으로 귀결될 것이다.

빠르면서도 다변하며 내공 소모가 적은 일류선이야말로 어쩌면 가장 위력적인 도법인지 모른다는 생각에 지금까지 틈나는 대로 수련을 게을리하지 않았는데 지금 추작도의 도법이 자신을 넘어서고 있음에 그저 놀라울 뿐이었다.

―어엇!

한편 추산을 보던 황보곤의 눈은 더욱 커졌다.

추산은 주먹을 쓰고 있었다. 그의 주먹이 한 번씩 불을 토할 때마다 놀랍게도 도수의 인물들은 기를 펴지 못했다.

빠악!

"으악!"

"억!"

─사, 사악 칠권……. 아니다!

사악칠권인 듯 보이지만 틀렸다.

사악칠권은 경쾌하고 빠르다. 강호에서 가장 사악칠권을 잘 쓰는 인물은 흑천의 천주로 의심되는 금마옥의 옥주 모찰이었다. 그와 한번도 겨뤄본 적은 없지만 그의 주먹에 맞아 죽은 사람을 본 적이 있었다.

신주팔기(神州八奇)로 불리는 여덟 거목들이었는데 모두 얼굴이 거덜나 있었다. 얼굴이 거덜났다는 것은 주먹이 빨랐다는 것과 예리했다는 것을 나타낸다.

그런데 지금 추산이 펼치는 주먹은 경쾌하고 예리하긴 한데 타격 순간이 묵직했다.

빠악!

퍽!

주먹이라기보다는 쇠몽둥이가 타격하는 것 같은 파육음.

예리하거나 빠르기만 한 주먹 같으면 상처가 크게 생기는데 추산의 주먹에 맞은 도수들은 머리가 쪼개지거나 칼에 베인 것처럼 어깨가 잘려 날아갔다.

─무슨 주먹이!

주먹 하면 소림의 백보신권이다.
완성된 주먹을 본 적은 없지만 워낙 수백 년 동안 인구에 회자될 뿐만 아니라 고작 오성에 이른 승려의 주먹에 황산혈왕이라는 거마가 한 방에 숨진 것을 보면 결코 허풍이 아님을 알 수 있었다.
어쨌든 백보신권일 리는 없다. 그렇다면 어떤 주먹이기에 저토록 왕성한 파괴력을 지니고 있을까.
박─ 바바박!
두 번은 없었다.
딱 한 방에 상대는 모조리 쓰러졌다.
그와 동시에 추작도의 칼 또한 강렬한 변화를 일으켰다
슈슈슈슈!
무려 한 번에 일곱 번을 쑤셨다.
정확히 일곱 명의 명치에 뚫린 구멍.
주르륵!
피가 물처럼 흘러내린다.
어느새 서른 명은 다섯 명으로 줄어 있었다.
양측의 싸움은 마지막 단계에 이르렀지만 누가 봐도 추작도와 추산의 완승으로 끝날 것은 자명했다.
"으아아악!"

“껵!”

두 명이 쓰러지며 남은 인원은 셋.

남은 세 무사의 얼굴에 처음으로 표정이 나타났다.

그것은 인간이면 누구나 피할 수 없고, 피해지지 않는 죽음에 대한 공포였다. 처음에는 수적 우세와 자존심으로 똘똘 뭉쳐 죽음 따위를 경멸하고 무시했지만 신앙처럼 믿었던 동료들이 모조리 쓰러지자 불현듯 본능을 되찾은 것이었다.

무서움은 셋의 칼을 더욱 헝클어지게 만들었다.

푹!

빠악!

칼과 주먹에 의해 둘이 쓰러지고 남은 사람은 한 명이었다.

부르르!

온몸을 떠는 사내.

추작도가 피를 흘리는 칼끝으로 사내를 가리켰다.

“살고 싶더냐?”

사내는 대답을 하지 않았다.

추작도가 좀 더 부드러운 목소리로 물었다.

“살고 싶으면 살고 싶다고 말하거라. 살고 싶다고 하면 살려주겠노라.”

꿀꺽!

사내는 마른침을 삼켰다.

“그, 그걸 말이라고 하시오이까? 세상에서 죽고 싶은 사람이 어디 있겠습니까?”

"놈, 그래도 자존심은 있어가지고 살고 싶다는 말을 무척 길게도 하는구나. 가라."

사내가 멈칫했다.

"뭐하느냐? 가라고 했다."

"사, 살려 주신단 말입니까?"

"살고 싶다고 했지 않느냐?"

꿀꺽!

사내가 또다시 마른침을 삼켰다.

"저, 정말 가도 되는 것입니… 까?"

추산이 나섰다.

"죽고 싶으면 가지 마시오."

"아아! 가겠소이다. 가오이다."

그러더니 뒷걸음을 치기 시작했다.

처음에는 믿지 못한 얼굴로 한 걸음 한 걸음 벗어나더니 점차 뒤로 물러나는 걸음의 속도가 빨라졌다.

이윽고 상당한 거리를 확보하자 몸을 돌려 바람처럼 사라져 버렸다.

추작도와 추산은 사내가 사라진 쪽을 가만 바라보았다.

카악!

끼룩!

머리 위에는 어느새 피냄새를 맡은 까마귀와 독수리 떼들이 새까맣게 하늘을 덮고 있었다.

"왜 살려주었는가?"

황보곤이 메마른 미소를 지었다.

추작도는 대답했다.

"그냥 살려주었습니다."

"저 아이가 나중에 더 큰 칼이 되어 오늘의 치욕을 갚으러 온다는 생각을 해보지는 않았는가?"

"해보았습니다."

"그런데도 살려주었단 말인가?"

황보곤의 눈이 가늘어졌다.

추작도는 한 마리 두 마리 시신 곁으로 날아내리는 까마귀와 독수리들을 보며 말했다.

"세상의 모든 사람들이 나보다 더 강해져 돌아온다고는 믿지 않습니다."

황보곤이 눈에서 미세한 광채를 일으키며 말했다.

"절대 자네보다 더 높아 복수의 칼을 들고 찾아올 일은 없다는 것이군?"

"가능성이 높지 않다고 판단했습니다."

"그 이유를 물어도 되겠는가? 길고 짧은 건 대봐야 아는 법인데 왜 미리 그런 단정을 했는지 말일세."

추작도의 시선이 돌아섰다.

자신을 바라보는 황보곤을 정면으로 직시했다.

"제가 강하기 때문입니다."

흠칫!

황보곤의 얼굴에 놀람의 빛이 떠올랐다.

추산 또한 의외라는 얼굴로 추작도를 바라보았다.

"그자는 절대 저만큼 강해질 수 없습니다. 그 이유는 간단합니다. 아무나 저와 같은 길을 걸어가지는 못합니다."

"자네와 같은 길?"

추작도는 길게 한숨을 내쉬었다.

그리고 슬며시 하늘을 올려다본다. 추작도의 얼굴에 희미한 미소가 떠올랐다.

"강해지기 위해 저는 죽음 속으로 제 자신을 던져 넣었습니다. 한두 번도 아닌 저의 삶 자체가 생과 사를 넘나드는 일상이었습니다. 물론 타의에 의해 그런 적도 있지만 중요한 것은 자의에 의한 것이 더 많다는 사실입니다."

"일부러 죽으러 했단 말인가?"

"예!"

황보곤의 표정이 굳어졌다.

자신도 강해지기 위해 갖은 고생과 고통을 외면하지 않았다. 강함은 반드시 고통을 수반한다는 일반적인 상식이 아니더라도 형님인 황보황을 넘기 위해 뼈를 깎을 고생을 감내했다. 스스로 지옥을 몇 번 다녀왔다고 할 만큼 자신을 채찍질했는데 대표적인 것이 전쟁이었다. 몇 번 집에서부터 인사명령이 내려왔다. 할 만큼 했으니 이제 그만 들어와 내근을 하라는 명령이었지만 거부했다.

전쟁만큼 스스로를 단련할 만한 좋은 환경은 없다고 판단했기 때문이었다.

추작도가 말했다.

"저는 손가락으로 헤아릴 수가 없습니다. 홍운에 들어간 것도 강해지기 위해서이고 이번 공후 선사 암살도 제 스스로가 자청했던 것입니다. 누가 봐도 실패하고 불가능한 일을 저는 기어이 억지로 이뤄내면서 나도 모르게 강해지더군요. 그렇게 이뤄온 삶이기 때문에 누구도 두렵지 않을 뿐 아니라 어떤 이도 나를 죽이지 못한다고 자부합니다."

황보곤의 눈이 미세한 떨림을 보였다.

다른 사람 입에서 나왔다면 오만하게 느껴졌을 것이었다. 진정한 강자는 고개를 숙인다고, 아직 뭘 모르는 하룻강아지라고 웃고 말았을 것이었다.

하지만 자신의 감정은 놀랍게도 추작도의 말을 진지하게 받아들이고 있었다.

—저자는 강하다!

그렇다고 어떤 화려함을 지니고 있는 것도 아니었다. 어찌 보면 너무 초라하다 못해 불쌍하기까지 했다. 그 흔한 이름도 얻지 못했다. 물론 광도라는 별호가 있지만 그건 어디까지나 황보세가를 중심으로만 퍼져 있다고 들었다.

갑자기 온몸이 섬뜩해졌다.

뭐라고 할까. 지금까지 자신이 느껴온 강자에 대한 느낌이나 생각과는 전혀 거리가 먼 또 다른 강자의 느낌 때문이었다.

겉으로 어떤 위세도 풍기지 않고 눈빛이나 걸음에서는 더욱 도도한 위엄 따위는 찾아볼 수 없는 극히 평범함만이 넘치도록 풍성한 사내.

하지만 누구든 그의 칼 앞에서면 비명횡사할 것이라는 확신이 들었다.

"인정하네. 난 그가 절대 자네를 찾아오지 못하리란 걸 믿네. 설혹 찾아온다고 해도 자네의 적수는 될 수 없을 걸세."

"믿어주서서 감사합니다."

"아닐세. 자넨 진정한 강자일세. 나야말로 가문과 형님을 등에 업은 쓸데없는 강자일 뿐이야. 단철장의 쇠처럼 자네야말로 수십 수백 번 단련되었네. 그래서 이제 누구도 자네는 넘보지 못할 걸세. 하나 진정으로 자네가 강한 것은 정신일세."

황보곤은 숨을 몰아쉬었다.

심한 부상으로 한 마디 한 마디 뱉을 때마다 아주 힘들어했다.

"절대 쓰러지지 않는다는 자신감, 누구도 반드시 이길 수 있다는 필승의 자세야말로 천하의 어떤 이도 지니지 못한 자네만의 강점이자 무공일세. 그건 무형화되어 있어 아무나 배울 수 없다는 것이지. 허, 허헉!"

으왁!

피를 토했는데 먹물에 가깝다.

그것은 그의 몸이 거의 죽어 있다는 것을 의미했다.

"아들이라고 했느냐?"

“예, 도백님!”

“훌륭한 아버지를 두었구나. 하나 내가 보기엔 너 또한 그릇이 크구나.”

“제 자식이지만 작지는 않습니다.”

추작도가 거들었다.

황보곤이 미소를 지었다.

“보자보자 하니까, 이 친구가 이제 보니 팔불출이었군. 농담일세.”

황보곤이 미소를 거두며 눈을 빛냈다.

“추산이라고?”

“네.”

“좋은 근골에 반짝이는 눈빛은 너의 지혜 깊음을 말해주고 있다. 그래서 부탁 한 가지 하고 싶은데 괜찮겠느냐?”

“네, 산이 형님 아버지.”

“사, 산이 형님 아버지. 우핫핫핫!”

황보곤이 피를 토하며 웃음을 터뜨렸다.

“왜 이렇게 듣기가 좋단 말인가. 이노옴, 정말 지혜가 출중하도다. 죽어가는 사람 비위를 맞출지 알다니.”

“말씀하십시오. 소원 뭐든지 들어드리겠나이다.”

“으하하하! 정말 좋구나. 나이는 어리지만 이상하게 너와는 말이 통하는구나. 우리가 좀 더 일찍 만났다면 멋진 친구가 되었을 것을 의심치 않는다.

“외람되지만 소생 또한 그렇게 생각하옵니다.”

"가까이!"

추작도는 멈칫했다. 가지 말라고 말하려 한 것이었다. 유감스럽게도 세상에는 믿을 사람 아무도 없었다. 적은 있어도 친구는 없는 곳이 세상이었다. 비록 죽음을 목전에 둔 황보곤이지만 마음만 먹으면 사람 한둘 정도는 지옥으로 충분히 동반할 수 있는 능력을 지닌 인물 아닌가.

그러나 차마 입 밖으로 외치지는 못했고 그사이 추산은 황보곤의 면전으로 다가섰다.

"뒤로!"

추산은 묻지도 따지지도 않고 돌아섰을 뿐만 아니라 결가부좌까지 하였다. 그것은 자신을 부른 황보곤의 속뜻이 어디에 있는지 알고 있다는 뜻이었다.

추작도의 얼굴이 빨개졌다. 자신이야말로 황보곤과 오랜 세월을 같이했다. 황보곤을 안다면 자신이 더 잘 아는 것이었다. 그런데 추산은 다가가고 잘 아는 자신은 의심을 하며 말리려 했다. 하지만 결과는 우려했던 것과는 반대로 전이대법의 자세로 돌아서고 있었다.

"얼마 되지 않지만 요긴하게 쓰도록 하라."

"명심하겠습니다."

주는 사람, 받는 사람, 긴 말을 필요로 하지 않았다.

대체적으로 죽음 직전에 전이대법을 펼친 사람들은 말이 많다. 쥐꼬리만 한 내공 좀 넘겨주면서 온갖 부탁과 명령을 다 내린다.

휘이이이!

두 사람의 몸에서 강한 무형의 기류가 형성되기 시작했다.

전이대법을 펼칠 때 주위로는 많은 반응이 생긴다. 물론 양측의 내공 성취 정도에 따라 반응은 달라진다.

무형의 기류는 탄탄한 막을 형성하기 시작했다.

―호, 호신강기!

절정의 고수라고 해도 가장 위험에 노출될 시기가 운기조식 중이었다. 반로환동, 출신입화지경이나 우화등선의 경지에 오르지 않고서는 외부의 공격으로부터 보호를 받지 못한다. 즉, 외부에서 어떤 공격을 가할 경우 꼼짝없이 맞아야 한다. 만약 무리하여 공격을 펼칠 경우 주화입마라는 돌이킬 수 없는 나락으로 떨어진다.

―바, 반로환동.

틀림없이 반로환동에 의한 현상이었다.

흔히 반로환동이라고 하면 늙은 사람에게 나타나는 현상인 줄로 착각을 한다. 즉, 늙음을 돌이켜 아이로 돌아간다는 그 뜻 속에는 또 다른 의미가 있는 것이었다. 여기서 말하는 반로환동이라는 것은 모든 것이 새로워졌음을 뜻하는데 첫째는 육식귀원에서 내공이 한 단계 성숙했음을 뜻한다. 둘째로 반로환동이 일어나면 일단 운기조식을 취할 때 호신강기가 일어나고, 세 번째 가장 중요한 것으로 반로환동의 현상이 일어나면 그동안 알지 못했던 초식을 깨우치게 된다.

추산의 내공은 육식귀원의 경지에 올라 있었다. 부친에게 전이대법을 펼치면서 오 년 정도 깎여 육식귀원의 아슬아슬한 경지에 머물러 있었는데 황보곤의 내공을 전이받으면서 순식간에 반로환동을 이뤄 버린 것이었다.

꿀꺽!

추작도는 침을 삼켰다.

투명한 기운이 달걀 껍질처럼 두 사람을 에워싸고 있었다.

추작도는 무척 궁금해졌다. 아직까지 호신강기라는 것을 단 한 번도 보지 못했고 단지 숱한 소문으로만 들었다. 호신강기만 전문적으로 파괴하는 병기가 있다는 말은 들었지만 대부분의 병기가 뚫지 못하고 권장은 더욱 상대가 되지 않는다고 했다.

무리해서 공격을 하면 오히려 강한 반탄력에 의해 내상을 입는다.

추작도는 흥미와 호기심을 참을 수가 없었다. 추작도는 주위를 두리번거리다 주먹만 한 돌멩이를 한 개 주워 들었다.

휙!

슬며시 돌을 던져 보았다.

팅!

부드럽게 팅겨 나온다.

추작도는 다시 돌을 주워 좀더 세게 던져 보았다.

투웅!

이번에는 좀더 멀리 튕겨 나왔다.

추작도는 재차 주위를 살폈다.

조금 떨어진 곳에 어른 머리 크기만 한 바위가 있었다. 두 손으로 바위를 거머쥔 추작도는 잠시 망설였다.

조금 전 던졌던 것은 돌멩이다. 아무리 운기조식 중이고 호신강기가 없었더라도 크게 부상을 입을 정도의 파괴력은 아니었다. 그러나 지금은 바위다.

조금 전처럼 슬며시 던진다고 해도 최소한 중상을 피하지 못할 것이었다.

눈을 깜빡거리며 던질까 말까 서성거리던 추작도의 입술이 물렸다. 호신강기의 힘이 어느 정도인지 알아보고 싶었다. 추작도는 세게는 던지지 못하고 좀더 가까이 다가가 슬쩍 내밀 듯 던졌다.

퍼엉!

바위가 퉁겨 나왔을 뿐만 아니라 예사롭지 않은 기운이 몸 속을 파고들었다.

반탄강기였다.

추작도는 고개를 끄덕였다.

호신강기는 상대의 공격이 강할수록 더욱 세찬 반탄강기를 일으킨다고 했다.

호신강기가 흩어지더니 추산의 콧속으로 스며들며 모조리

사라졌다.

번쩍!

추산이 눈을 떴다.

누가 봐도 한 단계 내공을 성취했음을 알 수 있었다.

"억!"

뒤로 돌아선 추산은 큰 절을 올렸다.

"하해와 같은 은혜를 입었습니다."

하지만 황보곤은 아무런 반응을 보이지 않았다.

추산은 다시 입을 열어 말했다.

"뜻을 따라 불의를 응징하고 강호 평화를 증진하는 데 최선을 다하겠나이다."

"비켜봐라!"

그때 추작도가 황급히 다가오더니 황보곤을 살폈다.

황보곤은 처음과 같이 똑바른 결가부좌이다. 그런데 그의 몸에서 일체 생기가 보이지 않았다. 코 밑에 손가락을 대보고 목 동맥을 지그시 눌러봤지만 차가운 냉기가 몸 전신을 쌓고 있었다.

"왜 그러십니까?"

"돌아가셨다."

"예?"

추산의 눈이 커졌다.

좌탈입멸(坐脫入滅), 앉은 채 숨을 거두는 것을 말한다. 좌탈입멸은 주로 불가에서 불법이 높은 고승들이 앉은 채 입적하는 것을 말한다. 육(肉), 심(心), 기(氣)가 완전한 하나를 이룰 때 좌탈입멸에 오른다.

죽음을 예견하고 좌탈입멸을 취하려 해보지만 대부분 쓰러져 버리고 만다. 그것은 육심기 셋 중 어느 한 것이 충족되지 않았기 때문이라고 보면 된다.

"어떡하지요?"

추산의 말뜻은 이대로 내버려두면 짐승들 밥이 될 것인데 묻어줘야 하지 않겠느냐는 뜻이었다.

추작도는 고개를 저었다.

"어쩔 수 없다. 흙으로 돌아가든 새들의 먹이가 되든 중요한 것은 너에게 모든 것을 남기고 떠났다는 것이다. 넌 도백의 유지를 잊어서는 안 될 것이다."

도백의 유지는 강호평화이다.

그렇다면 현재 강호평화를 가장 위협하는 세력인 황보세가를 가만두어서는 절대 안 된다.

*　　　*　　　*

집안에 우환이 있을수록 깨끗하게 안팎을 정리해야 한다. 사람이 있을 때나 없을 때나 차이가 없어야 한다. 그건 집을 떠난 사람에 대한 최소한의 예의이다. 떠난 사람이 언제 돌아오더라도 기쁘고 즐겁게 쉴 수 있고 마음을 편히 먹을 수 있도록 해야 한다.

툭!

함 노인은 하루도 빠지지 않고 백록서원의 안팎을 깨끗하게 쓸고 잡초를 뗐다. 누가 봐도 평소와 다름없는 모습이었다.

오늘 따라 안개가 짙다.

정문은 사람 출입이 왕왕 있어 잡초가 자라지 않는데 후문은 그렇지 못했다. 이틀만 손길이 닿지 않아도 잡초들로 수북해 꼭 나간 집 같은 분위기였다.

투투툭!

잡초를 뽑고 비를 쓸며 안개 속에서 부지런히 청소를 하던 함 노인이 갑자기 동작을 멈추더니 고개를 갸웃했다.

고개를 돌려 동쪽 숲을 보았다. 아무도 없고 커다란 노송만이 안개 속에 머리를 세우고 있다.

함 노인은 다시 쭈그리고 앉아 잡초를 뽑았다.

하나 오래가지 못했다.

서너 뿌리 뽑던 함 노인의 고개가 다시 오른쪽으로 돌아갔다. 안개로 아무것도 보이지 않았지만 자꾸 느낌이 이상했다.

"누구시오?"

급기야 함 노인은 안개 속을 향해 입을 열어 물었다.

짙은 안개만 출렁거릴 뿐 조용했다.

갸웃!

자신이 잘못 들었나 싶어 함 노인은 다시 쭈그리고 앉아 잡초를 뽑기 시작했다.

그러나 자꾸 누군가 지켜보는 느낌이 들었다.

함 노인은 자리에서 일어났다.

잠시 안개 속을 노려보다 천천히 걸어갔다.

똬리를 틀듯 휘어져 자란 커다란 노송 뒤로 천천히 걸어 돌아간 함 노인은 소스라쳤다.

"허헉!"

노송 뒤에는 한 걸인이 고개를 돌리고 서 있었다.

함 노인은 놀라며 물었다.

"뉘, 뉘시오?"

걸인은 고개를 돌리고 서 있었으며 바람도 불지 않는데 지독한 냄새가 풍겨왔다.

걸인이든 아니든 이른 아침에 내 집에 찾아온 손님을 쫓아내는 법이 아니라는 하후천의 교육을 받아왔지만 너무 지독한 냄새에 참을 수가 없었다.

"썩 꺼져라. 감히 여기가 어디라고 왔단 말이냐? 어휴."

함 노인은 코를 막으며 뒤로 몇 걸음 물러났다.

함 노인은 눈을 부라리며 재차 몸서리쳤다.

"당장 꺼지지 못하겠느냐? 본 가는 널 먹여줄 게 아무것도 없느니라. 그러니 당장 내 눈앞에서 없어지거라."

그래도 꼼짝 않는 거지를 보며 함 노인은 저만치에 있는 빗자루를 들고 다가왔다.

"맞고 가겠느냐, 아니면 그냥 가겠느냐? 네 이놈!"

함 노인은 빗자루를 들어 올렸다.

그때 고개를 돌리고 서 있는 걸인이 기어들어 가는 목소리로 말했다.

"하, 함 집사, 나예요."

하나 늙은 함 노인의 귀에 작은 목소리가 들릴 리 없었다. 더구나 잔뜩 흥분한 상태 아닌가.

퍼억!

"악!"

걸인은 여인이었다.

비틀거리며 저만큼 밀려가더니 고개는 돌리지 않고 다시 말했다.

"하, 함 집사, 나라니까? 청이예요."

"당장 사라지지 않고 뭐라고 중얼거리는 게냐? 어서 가랏."

함 노인이 다시 빗자루를 휘두르자 걸인은 다급히 고개를 돌리고 좀더 큰 소리로 말했다.

"나라니까 나! 청이라구요! 씨이!"

"흐억!"

함 노인은 소스라쳤다.

완벽한 걸인.

얼굴에 땟국물이 가득했고 머리는 까치집이 따로 없었다. 옷은 찢어져 속살이 훤히 내보였지만 워낙 더러워 탐심은커녕 천하의 어떤 사내도 걸음아 나 살려라 하고 도망을 칠 것 같았다.

함 노인은 한참을 이리저리 살폈다.

하후청은 보다 못해 버럭 소릴 질렀다.

“뭘 그렇게 봐! 나야, 나!”

“아가씨?”

“그래. 청이라구. 씨이. 어휴, 속상해.”

“도대체 이게 어찌된 일입니까? 거지도 상거지가……..”

하후청의 찌그러진 인상을 보며 함 노인은 얼른 입을 다물었다.

“잠시만 기다리십시오. 어르신께 기별을 하겠나이다.”

“안 돼!”

소리쳤지만 이미 함 노인의 모습은 서원 안으로 사라지고 없었다.

하후청은 하는 수 없다는 듯 열린 후문을 바라보다 집 안으로 들어섰다.

“흐흑!”

집 안으로 들어서자 까닭 모르게 눈물이 나왔다.

어른들이 왜 집 떠나면 고생이라는 말을 하는지 이번에야말로 절실하게 느꼈다.

“엉, 어엉!”

서러움이 끝없이 북받친다.

자신의 미모를 노린 사내들의 추적에 몇 번의 위기를 겪었다. 문득 생각한 것이 미모를 숨기지 않고서는 아주 위험하다는 것이었다. 그래서 일부러 옷도 찢고 시궁창에 목욕을 하여 완전한 거지가 되었다.

다행히 작전은 성공하여 누구도 건드리지 않았지만 문제는 식사를 할 수가 없다는 것이었다.

냄새 때문에 객점에 들어갈 수가 없었다.

어느 날 하는 수 없이 식사할 때만 깨끗하게 씻고 들어갔는데 하필 색교문(色敎門)이라는 집단의 교주에게 붙잡히고 말았다. 그 자리에서 미친 여자처럼 돌변하여 위기를 벗어났다. 조금만 동작이 늦고 어설펐다면 지금쯤 끌려가 그의 노리개가 되어 있을 것이 뻔했다.

이후 식사는 걸인들처럼 철저히 구걸했는데 그러다 보니 고생이란 이루 말할 수가 없었다.

"이게 무슨 냄새더냐?"

안개 속에서 부친 하후천의 목소리가 들려왔다.

함 노인의 목소리가 들려왔다.

"어서 가시지요."

"으왁! 구역질이 나서 더 이상 못 가겠구나. 어서 말하거라. 무슨 냄새더냐?"

"사, 사실은 아가씨에게서 나는 냄새입니다."

"뭐, 뭐라?"

그때 안개를 뚫고 하후천이 나타났다.

너무 지저분한 그는 하후청의 몰골을 알아보지 못했다. 비록 내 집에 찾아온 이는 강호에서의 지위 고하를 막론하고 따뜻하게 대접하라고 아랫사람에게 가르쳤지만 눈앞의 걸인은 해도 너무 했다. 도저히 코를 들 수 없는 악취에 몇 번이나 내치라고 하려다 하후천은 가까스로 눌러 참고 말했다.

“밥 한 공기 따뜻하게 먹여 보내도록 하게.”

그리고 하후천은 돌아섰다.

바로 그 순간 하후청은 번개처럼 그 앞에 엎드렸다.

“아버님, 소녀의 잘못을 용서하소서.”

“아, 아버님?!”

고개를 돌려 하후청을 바라본다.

“함 집사. 그럼 이 거지가 내 딸 청아란 말인가?”

“예, 그것이…….”

“흑흑흑! 소녀, 청아이옵니다. 진짜이옵니다. 보소서.”

하후청이 고개를 들었다.

눈뜨고 볼 수 없는 행색을 뚫어져라 내려다보던 하후천이 버럭 소릴 질렀다.

“자네, 지금 날 조롱하는가? 어디 저 거지가 내 딸아이 청이란 말인가. 청이는 얼마나 예쁘고 예의가 바르며 특히 이런 지독한 냄새가 나지 않네.”

획!

그가 무릎을 꿇고 있는 하후청 옆을 지나갔다.

탁!

하후청이 발목을 끌어안았다.

“아버지, 소녀가 잘못했습니다. 이제 절대 집을 나가지 않겠습니다. 제발 그러니 화를 푸시고.”

“뭣하는가. 어서 이 아이를 떼어 놓지 못하겠는가?”

하후천은 소리쳤다.

함 노인이 더듬거리며 말했다.

"아, 아가씨온데."

"아버지, 어어엉!"

하후천은 가만 서 있었다.

그러더니 쭈그리고 앉아 자신의 다리를 붙잡고 있는 하후청의 턱을 밀어 올렸다.

"어디 내 딸아이의 얼굴 좀 보자."

눈물이 범벅된 하후청의 얼굴이 들려졌다.

하후천이 말했다.

"더럽긴 해도 그 얼굴 그대로구나. 다친 곳은 없느냐?"

"엉엉, 네!"

주르륵!

하후천의 눈에서도 끝내 눈물이 흘러내리고 말았다.

"고생이 많았구나. 함 집사는 뭐하느냐? 당장 아이가 씻을 물을 대령하라."

"네, 어르신."

함 노인이 득달같이 달려갔다.

"그만 일어나자꾸나."

하후천은 하후청의 손을 잡고 일어섰다.

하후청이 자꾸 손을 떼려 하고 있었다. 왜 그러느냐고 돌아보자 하후청이 더듬거렸다.

"냄새? 자식에게 나는 냄새가 더러운 부모도 있더냐?"

"조금 전에 더럽다고 했잖아요?"

"그건 네 녀석이 꽤씸해 그런 것이니라. 부모에게는 자식에게 나는 냄새가 모두 좋고 아름다울 뿐이니라."

두 사람은 손을 나란히 잡고 눈물을 흘렸다.

그 시각 두 사람이 백록서원을 향해 다가오고 있었다. 안개는 해가 떠오르면서 조금씩 걷히기 시작했다.

일노일소.

노인은 백록서원의 정문 앞에 이르러 감회가 새로운 표정을 지었다.

"헛헛, 도대체 이게 얼마 만인가 모르겠군. 이십 년도 훨씬 넘은 것 같구나."

"그렇게 오래 되셨습니까?"

"출사하기 전에 만나고 처음이니 삼십 년은 된 셈이지. 헛헛. 그나저나 한쪽 대문을 열어두었다는 것은 귀한 사람이 집을 나가 돌아오기를 기다린다는 뜻. 아직 안 돌아왔다는 건가."

"돌아올 것이라고 했잖습니까?"

젊은 청년이 따지듯 눈을 부라렸다.

그러자 노인은 자신있게 대답했다.

"돌아올 것이니 염려 말라고 했잖느냐?"

"빈손으로 들어가면 혼을 낼 텐데."

"나만 믿으라니까."

청년의 눈이 커졌다.

"진짜 믿어도 되는 것입니까? 점잖긴 해도 한번 분노가 폭
발하면 걷잡을 수 없단 말입니다."
청년의 얼굴에는 두려운 빛이 떠올랐다.
노인은 껄껄 웃었다.
"들어가자!"
"아무튼 어르신만 믿고 들어갑니다."
"날 믿어."
두 사람은 열린 문을 통해 백록서원 안으로 들어섰다.
서원의 아침은 조용했다. 안개까지 흐르고 있어 더욱 운치
가 있었는데 돌연 두 사람이 코를 벌름거렸다.
흠흠!
킁킁!
약속이나 한 듯 발걸음을 멈췄다.
"구린내 아닙니까?"
"맞다."
"지독하군요."
"내 평생 이렇게 무서운 구린내는 처음 맡는다."
"도대체 무슨 일이죠?"
두 사람은 코를 막고 천천히 이동했다. 작은 전각 한 채를
지나자 운치가 있는 연못을 끼고 한 채의 전각이 세워져 있었
다. 안개가 비켜난 현판에는 청연각이라는 글씨가 적혀 있었
다.
"설마 연향이……."

때맞춰 연못에는 청연이 만발해 있었다.

"맙소사. 어찌하여 연에서 이런 구린내가 날 수 있단 말인
가?"

그러면서 노인은 연못을 따라 돌았다.

"웬놈들이냐?"

그때 안쪽으로부터 날카로운 외침이 들리며 함 노인이 나타
났다.

청년이 어색한 표정을 지었다.

"함 할아범."

함 노인의 눈이 커졌다.

"아니 이게 누구십니까? 아이고, 귀한 손님이셨군요."

"귀하다뇨. 그런데 이 냄새는 뭡니까? 너무 독해요. 설마 저
연꽃이 이런 냄새를……."

함 노인의 얼굴에 당황한 기색이 떠올랐다.

흘긋!

청연각을 한 번 살피더니 더듬거렸다.

"아닙니다. 어라라랏."

그때 연못을 돌아 다가온 노인을 발견한 함 노인이 소스라
쳤다.

"추, 추운도수 어르신."

"잘 있었는가? 허허! 이거야 원, 죽지 않고 살아 있으니 만나
는군."

"어르신, 절 받으십시오. 그간 별고 없으셨는지요."

함 노인이 땅바닥에 무릎을 꿇으려 하자 추운도수가 얼른 소매를 잡아 제지했다.

그가 말했다.

"같이 늙어가는 처지에 이 무슨 경망한 짓인가. 제발 그만두게. 그런데 이 정체불명의 괴냄새는 뭔가 혹시나 하고 연못을 돌아보았지만 연꽃은 아닌데?"

흠흠!

그때 추운도수 코가 또다시 벌름거렸다.

"어디서 뭘 태우는가?"

그러면서 냄새가 나는 곳으로 그의 시선이 옮겨갔다.

멀리 담벼락 아래 하후천이 뭔가를 태우고 있는 모습이 보였다. 추운도수는 천천히 다가가며 웃었다.

"헛헛! 부모가 죽은 것도 아니고 무슨 옷을 그렇게 열심히 태우고 있는가?"

하후천이 고개를 들었다.

"이, 이 사람아!"

불길을 휘젓던 막대기를 팽개치고 그가 다가왔다.

"자네는 가을 바람 아닌가?"

"잘 있었나?"

"물론이지."

와락!

두 사람은 서로를 힘차게 끌어안았다.

"헛헛헛! 도대체 우리가 몇 년 만에 만나는 건가?"

"이십하고 구 년 되었네. 출사 직전 자네가 술 두 병을 들고 찾아와 밤새 마신 것이 마지막이었으니 그때가 동짓달 열사흘이었지."

"우하핫! 당대의 대석학 아니랄까 봐 이십구 년 전 날짜까지 기억하는구먼. 가만, 저 아이는……."

그때 저만치에서 조심스럽게 다가오는 청우를 보고 하후천의 눈이 커졌다.

청우는 다가와 기어들어 가는 목소리로 말했다.

"소, 송구합니다. 열심히 찾아보려고 했지만 도무지……."

잔뜩 혼이 날 것으로 예상한 행동이었다.

그러나 하후천은 의외로 환한 미소를 지었다.

"헛헛! 괜찮다. 이제 더 이상 고생할 필요가 없게 되었구나."

"고생할 필요가 없게 되었다뇨?"

청우의 눈이 커졌다.

하후천이 멀리 청연각을 보며 말했다.

"녀석이 돌아왔구나."

"네?"

"오늘 아침 제 발로 들어왔다. 그러니 마음 놓거라. 너도 그간 고생 많았겠지."

청우의 눈이 커졌다.

"청아가 정말로 돌아왔단 말입니까?"

"오냐."

청우의 눈이 추운도수를 향했다.

추운도수는 잔뜩 목에 힘을 주었다.

그걸 보며 하후천의 입가에 미소를 지었다.

"몰랐더냐. 저 늙은이는 칼에도 뛰어난 재주를 지녔지만 점괘에도 몹시 뛰어나단다. 자자, 일단 들어가세."

하후천은 두 사람을 데리고 자신의 거처로 들어갔다.

차가 나오고 세 사람은 찻잔을 들어 올렸다. 먼저 추운도수가 입을 열었다. 당문의 사람들과 싸웠고 이미 황보세가의 인물이 되어버린 제자의 도움으로 위기를 넘겼으며 그러던 중 청우를 만나 동행하게 되었다고 했다.

"그래서인가."

"왜, 무슨 일 있었는가?"

추운도수의 눈이 빛났다.

하후천이 말했다.

"몇 일 전 당문에서 두 명이 왔네. 워낙 정중하게 찾아왔기 때문에 거절을 할 수가 없어 안으로 들였지."

"자네와 내 사이를 어떻게 알고?"

하후천이 한숨을 내쉬었다.

"예상대로였네. 당문은 일태사동도의 죽음으로 무척 자존심이 상해 있더군. 그러면서 이걸 주고 갔네."

드르륵!

서랍을 열고 한 통의 봉서를 꺼내 주었다.

“혹시라도 자네가 오면 전해 달라는 거였네.”
봉서 전면에는 당문의 문장인 다섯 독거미가 선명하게 찍혀 있었다.
부욱!
추운도수는 봉서를 뜯어 안의 서찰을 꺼냈다.

존경하는 추운도수 대협께 소생 당룡파가 청하오이다. 내월 보름 천도봉에서 대협의 칼을 한수 받아볼까 하오니 거절치 말아주시오.

추운도수의 입가에 가녀린 미소가 떠올랐다.
“뭐라고 썼는가?”
추운도수가 서찰을 하후천에게 넘겨 주었다.
하후천이 서찰을 읽고 말하였다.
“으음, 도전장 아닌가?”
하후천이 너도 한 번 보라는 듯 청우에게 건네주었다.
내용을 읽고 난 청우의 얼굴이 굳어졌다.
“당룡파는 누구옵니까?”
“현 당문의 젊은 주인이란다. 아주 매서운 솜씨를 지니고 있지.”
“한낱 수하의 죽음에 문주라는 자가 나서도 되는 것입니까?”
“일태사동도의 죽음이 그만큼 당문의 명예에 큰 영향을 미쳤다는 뜻 아니겠느냐?"

대답은 추운도수가 했다.

청우의 표정은 여전히 불쾌함을 떠나보내지 않고 있었다.

"그렇다고 잘잘못도 따져보지 않고 무조건 이런 식의 도전장을 내민다는 것은 힘있는 자의 횡포입니다. 매사가 이 모양이면 앞으로 당문 문주 무서워 수하들의 행패를 못 본 체 해야 한다는 것 아닙니까?"

청우의 강직한 성품을 누구보다도 잘 아는 하후천이 가벼운 한숨을 내쉬었다.

"네 얘기가 틀리지는 않느니라. 하나 어쩌겠느냐? 그게 강호의 속성이거늘."

"아무튼 매우 건방집니다. 자기 맘대로 날짜와 시간을 정하다니 이쪽에서 갑자기 선약이 있어 나가지 못하면 보나마나 비겁하네 도전에 응하지 않는 겁쟁이네 하며 떠들 것 아닙니까?"

하후천이 고개를 끄덕였다.

"헛헛! 우리 청우가 무척 화가 난 모양이구나."

청우는 화를 풀지 못하고 뜨거운 차를 단숨에 비워 버렸다.

하후천이 물었다.

"어찌할 건가."

"어쩌긴, 도전을 했으니 받아줘야지."

"자네가 이기리라고 생각하는가?"

"이기고 지고가 중요한 것이 아닐세. 나 같은 늙은이에게 대

당문의 주인이 도전을 해왔다는 게 중요한 거지. 난 그 이상의 의미는 두지 않을 걸세. 사실 이렇게 도전장을 보냈으니까 하는 얘길세만 그동안 당문의 주인과 황보세가 주인의 칼에 대해 무척 궁금했네. 소문은 무성한데 한 번도 본 적이 없거든."

"그래서 이번 기회에 보겠다는 건가. 미쳤군, 자네. 목숨을 담보로 하는 구경을 하겠다는 말 아닌가?"

"무인이란 싸우다 죽는 걸세. 늙어 죽는다면 그게 어디 무인인가. 보통 사람이지. 자자 오랜만에 만나 그런 재미없는 얘긴 그만하고 술 없나?"

바로 그때였다.

"그렇잖아도 소녀가 술상을 보아 왔사옵니다."

화악!

청우의 눈이 커졌다.

"이건 청아 목소리 아니옵니까?"

드르륵!

문이 열리고 하후청이 술상을 들고 들어섰다.

아침 안개 속에서 나타났던 지저분한 모습은 오간 데 없이 한 송이 청연 그대로였다.

"처, 청아. 돌아왔구나."

"너, 너도 왔구나."

하후청이 환한 웃음을 지었다.

하후천이 말했다.

"너가 뭐더냐? 청 공자라고 불러야 하느니라. 너 또한 하후

낭자라고 불러야 하는 법이고."

하후청이 아미를 살짝 찌푸렸다.

"아, 아버지. 청우와 난 남매처럼 자랐을 뿐 아니라 나이도 같으면서."

하후천이 목소리를 높였다.

"그렇지가 않느니라. 남녀 나이 열다섯이 넘으면 아무리 절친한 벗일지라도 상존을 해야 하는 것이 법도에 맞느니라. 그리고 이분께 인사 올리거라. 추운도수 되시느니라."

하후청은 공손히 무릎을 꿇고 절을 올렸다.

추운도수 입이 함지박만 해졌다.

"헛헛! 아들 하나만 있으면 당장 맺어주고 싶구나. 네가 바로 청이란 아이인가 보구나. 추산인지 뭔지 하는 녀석을 찾으러 가출을 감행했다고 들었느니라. 찾았느냐?"

하후청의 얼굴이 빨개졌다.

"차, 찾지 못했사옵니다."

추운도수가 입가에 미소를 띠며 말했다.

"여인은 집을 나가는 법이 아니니라. 사내더러 집을 찾아오게 하는 법이지."

집을 나간 것을 꾸중하는 훈계의 말이다.

"꽃이 벌을 찾아 나가는 것을 보았느냐?"

"명심하겠사옵니다."

"아무리 사랑하고 보고 싶더라도 기다리거라. 그게 여인의 미덕이며 아름다움이니라. 기다릴 줄 모르는 여인을 사내는 그다지 좋아하지 않느니라."

하후청의 고개가 급기야 숙여졌다.

청우가 정색하고 말했다.

"그만하십시오. 알았다고 하잖습니까?"

추운도수 눈이 커졌다.

"이놈 보게. 너 지금 저 아이 편드느냐?"

"편드는 게 아니라 알았다고 하는데 자꾸 꾸중을 하십니까?"

추운도수 눈이 커졌다.

그가 하후천을 보며 말했다.

"들었나. 이 녀석이 저 아이 편을 들고 있네. 자네 귀에도 내가 꾸중을 한 것으로 들리던가?"

"아닐세. 아주 좋은 말이었네."

"거봐."

"아무튼 그만하세요. 청이, 바보 아닙니다. 한 번만 말하면 금방 알아듣거든요."

하후청이 고개를 들었다.

눈물이 글썽거리는 얼굴로 말했다.

"청 공자께서 애쓰지 않아도 됩니다. 소녀는 괜찮습니다."

"처, 청아."

"너도 이제 나를 하후 낭자라고 불러. 어른들이 그렇게 하라고 하면 하는 거야."

"에이. 난 청아가 좋은데, 그렇다면 할 수 없지. 알겠습니다,

청 낭자. 정말 이상하다.”

“허허허허!”

“껄껄껄!”

하후천과 추운도수가 환한 표정으로 미소를 지었다.

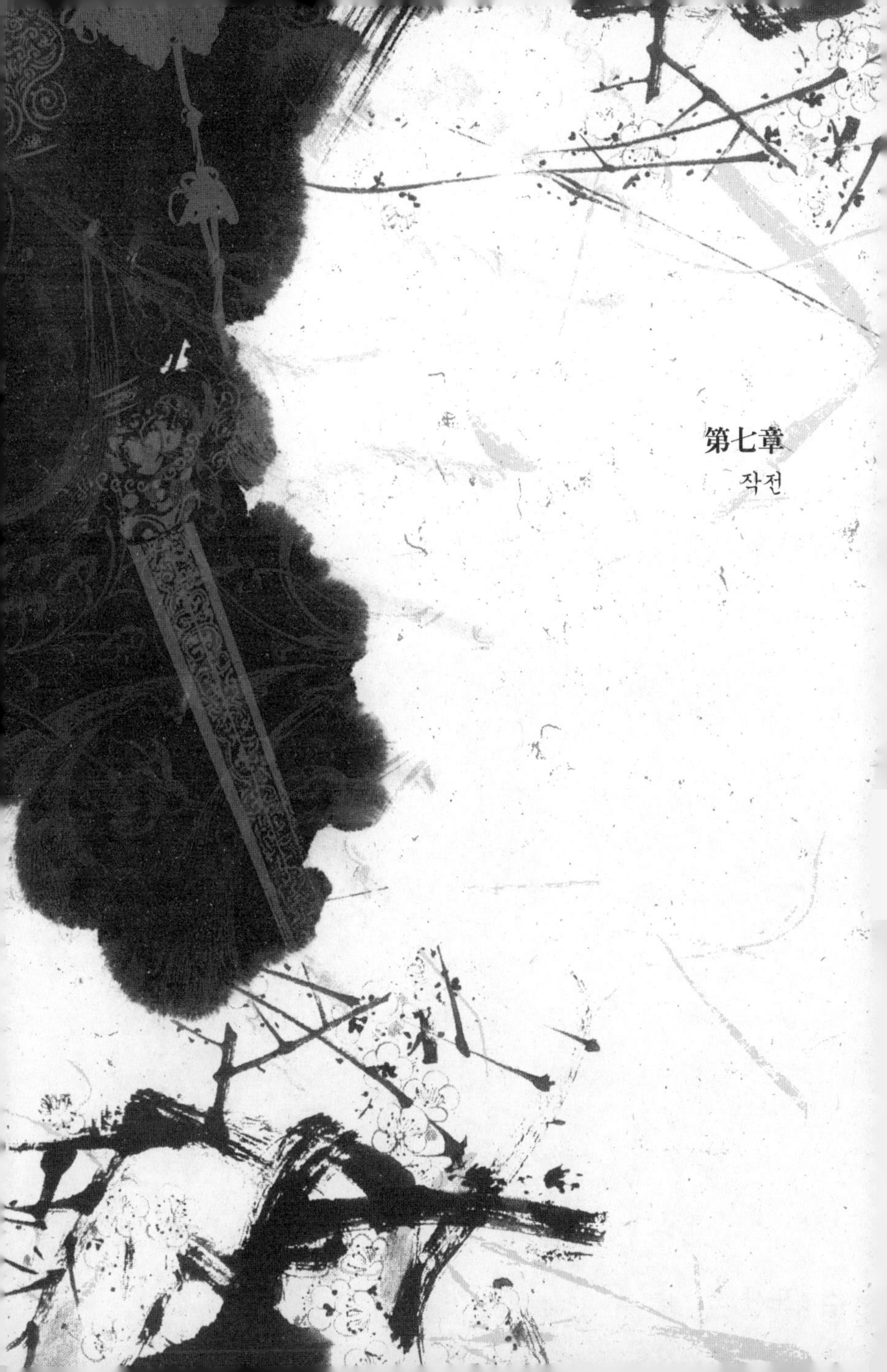

第七章

작전

검명도살

두 사람은 말이 없었다. 추작도가 잔을 비우면 추산은 따랐다. 벌써 반시진 가까이 두 사람은 그렇게 마주 앉아 술을 따르고 마셨다. 객점 안은 사람들로 북적거렸고 여기저기 취기가 오르면서 고성이 오갔지만 두 사람은 눈길 하나 주지 않았다.

"커어!"

다섯 병째 여아홍을 비우는데 추작도의 눈빛은 맑기만 했다.

술을 마시는데도 눈빛이 맑다는 것은 뭔가 중요한 생각에 잠겨 있다는 뜻.

"그러니까 너의 말은 지금으로서는 그 방법만이 황보세가를 무너뜨릴 수 있다는 얘기더냐?"

추작도가 잔을 비우며 말했다.

추산은 빈 잔에 술을 따르며 말했다.

"분명히 말씀드리지만 황보세가는 대집단입니다. 정면 충돌은 백패입니다."

스윽!

품에서 서찰 한 개를 꺼내 펼쳤다.

서찰에는 낯익은 이름들이 적혀 있었다. 총관 비전혈도 탁발환부터 제사당주 유성추혼 운낭을 비롯해 황보세가 고위 간부들 이십여 명의 명단이었다.

"누가 뭐래도 이들이야말로 황보세가의 핵심이자 전력의 절반이랄 수 있습니다. 더욱 먼저 제거해야 하는 이유는 이들이 사라지면 제아무리 황보세가라고 해도 상당히 흔들릴 것이기 때문입니다."

"산아!"

침묵하고 있던 추작도가 입을 열었다.

추산은 대답했다.

"예, 아버지."

"나의 생각은 너와 조금 다르구나."

부친은 따라진 술을 비웠다.

안주로 나온 계육 한 점을 젓가락으로 집어 입에 넣고 씹으며 말했다.

"너의 방식말고 좀 더 쉬운 싸움이 있느니라."

"쉽다면, 그게 뭡니까?"

"소림을 이용하는 것이니라."

흠칫!

추산은 놀란 빛을 띄었다.

추작도는 나직한 목소리로 입을 열었다.

"왜 안 된다고 생각하느냐? 어차피 싸움이란 이기는 것을 목적으로 하느니라. 너와 내가 과연 황보세가를 상대로 싸운다면 이기리라고 보느냐?"

추산은 아무런 말도 하지 않았다.

추작도는 말했다.

"지지는 않을 것이다. 그러나 이기지도 못할 것이다. 그럴 때 과연 우리의 운명은 어찌되리라고 보느냐? 우리의 존재를 껄끄러워하는 사람들이 있다면?"

추산은 이를 물었다.

"당연히 뒤통수를 치겠지요. 그러나 소림을 이용한다는 건 도의상……?"

추작도의 말은 간단했다. 황보세가에서 소림의 공후 선사를 공격한 증거를 자신이 갖고 있으므로 그것을 이용하겠다는 것이었다.

흘긋!

추작도가 추산을 바라본다.

"도의라고 했느냐? 정말로 강호에 도의가 있고 정(正)과 협(俠)이 있다고 생각하느냐? 물론 없지는 않다. 그러나 최소한 정과 협을 소림에 결부시켜서는 안 된다. 그들은 강했고 강호의 중심으로 평화에 이바지한 건 분명하지만 그만큼 암암리 많은 피도 뿌렸느니라."

추작도는 자신의 손으로 술을 따르며 말했다.

"나는 나다. 나와 소림은 아무런 상관이 없다. 난 지금까지 강해지기 위해 살아왔고 살 것이다. 내게 강하다는 건 이기는 것말고는 없느니라."

쭈욱!

커다란 잔의 술을 단숨에 비웠다.

그러나 두 눈에는 정광이 흘렀다.

"산아."

"말씀하십시오."

"강함에 정도가 있더냐?"

추산은 아무런 말을 하지 않았다.

"싸워 이기는 자야말로 진정한 강자 아니더냐. 머리로 싸우든 힘으로 싸우든."

옳은 말이다.

싸워 이기는 자가 강하다. 패자는 말이 있고 강자는 져도 말이 없다. 뭇 사람들에게 강함은 흔히 육체적 뛰어남을 의미하지만 진정으로 강하다는 건 이기는 것이었다. 이왕 방법도 건전하면 좋겠지만 생사의 길에서 건전한 방법이란 그다지 존재할 수가 없었다.

수많은 독수리 떼들이 달라붙어 시신을 쪼아먹었다. 마침내 오늘에서야 장례식이 이뤄진 것이다. 제자들이 모두 떠나고 없는 숭산 동쪽에 있는 적평구에 새로 장문 방장의 위에 오른 성호 선사가 서 있었다.

사대금강중 한 명인 발공이 뒤를 이을 것이라는 예상을 뒤엎고 장로회의는 올해 쉰다섯인 젊고 유능한 성호 선사를 공후 선사 뒤를 잇는 장문인으로 발탁했다.

"아미타불!"

소림은 대대적으로 풍장을 지낸다.

독수리와 짐승들에 의해 찢겨 나가는 공후 선사의 시신을 보며 성호 선사는 연신 아미타불을 중얼거렸다. 그러면서 두 눈은 분노로 활활 타올랐다.

얼마쯤 지났을까. 자그마한 공후 선사의 몸이 뼛조각 몇 개만 남고 사라졌을 쯤 성호 선사는 천천히 몸을 돌려 산을 내려오기 시작했다.

불끈!

뿌드득!

아직은 혈기가 남아서인가 성호 선사는 쉬지 않고 복수의 의지를 불태웠다.

산을 내려온 성호 선사는 방장실로 곧장 향했다.

멈칫!

마루를 올라서던 성호 선사의 눈이 커졌다.

정면 기둥에 한 자루 화살이 박혀 있었는데 끝에 작은 서찰

한 개가 묶여 있었다.

주위를 빠르게 훑었다. 보이는 사람도, 보는 사람도 없었다.

툭!

화살을 뽑아 들고 방 안으로 들어간 성호 선사는 묶인 서찰
을 풀어 헤쳤다.

공후 선사의 죽음은 황보세가의 짓이오.

뚝!

성호 선사의 눈이 정지했다.

아는 내용이었다. 물론 소림과 황보세가를 이간질시키려는
얄은 수작이라고 믿고 있었다.

정말이오. 믿으시오. 황보세가에서는 홍운이라는 특별임무대
를 성과사에 밀파하여 작전을 감행한 것이오. 내 말을 믿을 수 없
다면 전당강 서북쪽 단룡애로 가시오. 당시 황보세가에서는 성과
사 공격에서 살아남은 홍운 인물을 살인멸구하기 위해 극비리에
황보악을 보냈소이다. 그러나 유감스럽게도 그는 자신이 죽이려
는 자들의 칼에 목숨을 거두었소. 그의 시신이 이번 사건이 황보
세가의 짓임을 생생히 증거할 것이오.

성호 선사는 읽고 또 읽었다.

처음에는 어느 누군가 소림을 현혹하기 위한 서찰 정도로

보았지만 볼수록 구체적이고 사실적이다.

한참 서찰을 읽고 있던 성호 선사가 밖을 향해 말했다.

"상초 있느냐?"

"부르셨나이까, 방장스님!"

삼십 초반 가량의 시좌승이 들어섰다.

"당장 십팔복호호법을 부르라."

"명을 받드나이다."

십팔복호호법은 장문인 직속이다.

오로지 장문인의 명령만 받고 장문인에 의해서만 움직인다.

성호 선사는 다시 서찰을 읽었지만 어디에서도 의심나거나 속고 있다는 흔적을 찾아볼 수는 없었다.

비상 사태이기 때문인지 평소와 달리 반 각도 되지 않아 열여덟 명의 호법이 방 안에 모습을 드러낸다.

"앉게."

십팔복호호법의 얼굴에 긴장이 가득했다.

열여덟 명의 호법을 쭈욱 한번 훑어보던 성호 선사는 조금 전 자신이 받았던 사찰을 건네 주었다. 호법들은 돌아가며 서찰을 읽었는데 하나같이 표정이 굳어졌다.

"이, 이런!"

어떤 이는 이를 갈며 전신에서 살기를 내뿜었다.

열여덟 명 모두가 읽고 서찰은 다시 성호 선사의 손으로 들어왔다.

"어떻게 생각하는가? 내 말은, 진위를 말하는 걸세."

호법들은 아무 말도 하지 않고 서로의 눈치를 살폈다.

개중에는 진짜라고 여기는 사람도 있을 것이고 치밀하게 짜여진 가짜라고 생각하는 사람들도 있을 것이다. 성호 선사는 일단 이들의 반응을 보고 결정할 생각이었다.

"명공이 말해보게."

명공은 십팔복호호법 중 가장 지위가 높은 상좌이다.

명공이 눈썹을 모았다.

"이 제자의 생각으로는 진짜 같사옵니다."

"사형!"

셋째 명상이 소리쳤다.

그러자 성호가 조용히 나무랐다.

"너에게도 물을 것이니 가만있도록 하거라. 무엇에서 진짜로 느껴졌더냐?"

"황보악은 황보황의 유일한 혈육입니다. 그가 죽었다는 것이 서찰을 보낸 자의 말에 신뢰를 해야 한다는 근거입니다. 그런 중요한 일은 대체적으로 아랫사람을 시키지 않지요. 혈육이거나 오른팔 정도가 가는데 황보악은 황보황의 아들이자 오른팔이 아닌지요."

"명소는?"

둘째 호법이 말했다.

"저 또한 진짜라고 생각하며 사형과 같은 생각입니다."

"그래, 셋째는 아니라고 생각하느냐?"

명상은 다혈질이다.

"조작입니다. 이건 처음 성과사에서부터 우리 소림과 황보세가를 충돌하게 만들려는 어느 놈의 잔꾀입니다. 속지 마소서."

"명오도 그렇게 생각하느냐?"

"가짜라고 확신하옵니다."

"명수는?"

성호 선사는 차근차근 물었다.

십팔복호호법은 자신이 생각하는 바를 상세히 말했다.

그 결과 서찰의 내용을 진짜로 여기는 호법은 열한 명, 가짜로 여기는 사람이 일곱이었다.

그렇다고 이런 중요한 일에 다수결을 적용해서도 안 된다. 방법이라고는 한 가지뿐이었다.

"명공."

"하명하소서."

"당장 단룡애로 달려가 보거라. 가서 직접 확인하라. 그리고 있거든 시신을 후송해 오거라."

"알겠사옵니다."

십팔복호호법은 일제히 자리에서 일어나 사라졌다.

혼자 남은 성호 선사는 다시 한 번 서찰을 읽었다.

"상초야."

시좌를 불렀다.

문이 열리고 상초가 들어선다.

"사람들은 소림을 무엇이라고 하더냐?"

뜬금없는 질문에 상초의 눈이 커졌다.

성호 선사는 물었다.

"어렵게 생각할 것 없느니라. 향객들은 물론이고 강호사람들 모두 우릴 무엇이라고 하더냐?"

상초가 더듬거리더니 입을 열어 말했다.

"강호의 중심이고 평화의 상징이라고 말했사옵니다. 특히."

"특히 뭐라고 하더냐?"

"정과 협의 본산이라고……."

"아미타불!"

불호로 상초의 말을 잘랐다.

"틀렸다. 진정한 협과 정을 지향하는 문파는 결코 이렇게 당하지 않는다. 소림은 정도 아니고 협을 추구하는 문파도 아니다. 그저 남의 간계에 파괴되고 쓰러지는 보잘것없는 문파일 뿐이니라."

"바, 방장스님!"

상초가 놀라 더듬거렸다.

성호 선사의 눈가에 눈물이 맺혀 있었기 때문이었다.

"감히 누가, 누가 소림을 상대로 장난을 친단 말인가. 절대 용서할 수 없도다."

성호 선사의 양주먹이 단단히 말려 쥐어졌다.

성과사 서북쪽 단룡애 근처의 갈대가 바람도 없는데 움직이기 시작했다. 사람은 보이지 않고 여기저기 갈대가 흔들리며 꺾이는 소리가 들려왔다.

"여기 있다."

갈대 속에서 누군가 소리쳤다.

단룡애에서 십여 장도 채 떨어지지 않은 작은 공터에 몇 구의 시신이 나뒹굴고 있었다. 그중 육중한 체구의 시신을 보며 십팔복호호법은 하나같이 놀라 외쳐 말했다.

"황보악이오."

"분명한가, 사제?"

명공이 물었다.

명상이 단호히 대답했다.

"이자는 내가 삼 년 전에 한 번 보았지요. 비록 부패는 했지만 틀림없습니다. 황보악입니다."

명공은 쭈그리고 앉아 시신을 살폈다.

부패가 된 데다 상처가 심해 얼굴을 제대로 확인할 수는 없었다. 단지 누군가의 주먹에 심하게 맞았음을 간파할 수 있었고 근처에 떨어진 피 묻은 돌멩이를 보아 죽기 직전 무척 두들겨 맞았음을 알 수 있었다.

촤라락!

호법들은 준비해 온 자리를 깔았고 익숙한 동작으로 황보악의 시신을 감쌌다.

둘둘 시신을 감은 일행은 곧바로 현장을 떠났다.

소림에 장로회의가 열렸다. 회의가 열리는 탁자 위에는 황보악의 시신이 올려져 있었는데 악취를 쫓는 담화액을 잔뜩 뿌려 방부했지만 냄새를 완전히 쫓지는 못하고 모두가 코를 막고 있었다.

"여러 가지 정황에 비춰 난 서찰을 보낸 자의 말이 사실이라고 믿고 싶소이다."

팔십가량의 노승이 입을 열었다.

제이장로 태망이다.

"틀림없소. 황보황은 성과사 공격에서 살아남은 자들을 없애라고 아들을 보냈소. 이건 오랜 강호 경험에 비춰 분명하오."

그러자 삼장로 태공이 말했다.

"사형, 그런 식의 말씀은 위험합니다. 정확한 근거와 증거가 아직 뒷받침되지 않았습니다. 더구나 아직 황보세가에 황보악이 있는지 없는지 확인이 되지 않고 있으니 몇 일만 더 기다려 보지요."

일부가 고개를 끄덕였다.

사실일지라도 황보세가는 부담스런 집단이었다.

좀 더 세밀하고 찬찬히 조사를 한 후 대책을 숙의해도 늦지 않았다.

쾅!

그때 누군가 탁자를 치며 자리에서 일어났다.

칠척 거구의 노승, 마지막 구장로인 망관이었다.

"언제부터 소림이 이렇게 나약해지셨소이까? 황보황의 아들로 확인이 되었으면 행동에 나서야 하는 것 아니겠습니까?"

"행동?"

"우리가 지금 취할 행동이 뭐 있습니까? 장문인, 당장 명령만 내리소서. 노납이 앞장서서 황보세가를 초토화시켜 버리겠나이다. 우리 소림의 위력을 제대로 보여주어야 합니다."

"노납도 사제의 말에 공감하오. 이렇게까지 증거가 있는데 움츠려들고 소심하게 행동한다는 건 우리가 황보세가에 겁을 먹고 있다는 증거밖에 더 되겠소이까?"

그때 한 명의 장로가 벌떡 일어나 소리쳤다.

"겁이라니, 말조심하시오. 좀더 치밀하게 조사하여 확실하게 끝장을 내자는 뜻이오. 우리 소림이 겁먹을 집단이 강호에 어디 있단 말입니까?"

"자꾸 같은 말 반복하게 하는데, 증거가 드러났는데 뭘 꾸물거린단 말이오. 장문인, 어서 명령을 내리소서. 황보세가를 강호에서 지워 버리겠소이다."

태망장로가 실내가 쩌렁거릴 외침을 터뜨렸다.

"난 옛날부터 황보황인지 뭔지 하는 놈이 마음에 들지 않았소. 칼 좀 쓸 줄 안다고 거들먹거리는 꼴이라니. 저에게 오백만 주소서. 사흘 안으로 황보세가를 강호에서 지워 버리겠나이다."

모든 시선이 성호 선사에게 향해졌다.

성호 선사는 조용히 두 눈을 감고 있었다. 좌중은 그의 눈치를 살피며 어떤 지시가 떨어질까 숨을 죽였다.

바로 그때였다. 다급한 발걸음 소리가 들려오더니 장로원 문이 열리며 십팔복호호법 상좌인 명공이 들어섰다.

"왜 그러는가?"

성호 선사의 음성이 가라앉았다.

뭔가 심상치 않는 기색을 읽은 듯했다.

명공이 주저했다.

그러자 여기저기 장로들이 버럭 화를 냈다.

"아미타불! 뭣하는 것인가. 답답하이."

"중요한 회의가 열리는 장로원에 뛰어들었으면 그에 걸맞은 용건이 있을 것 아닌가. 서둘러 말하라."

명공은 더듬거리며 입을 열어 말했다.

"황보세가를 감시하고 있던 호법 중 한 명이 보내온 서찰입니다."

품에서 작은 서찰 한 개를 꺼내 성호 선사에게 가져다 주었다. 성호 선사는 망설이지 않고 서찰을 펼쳤다. 서찰을 읽은 성호 선사의 안색이 굳어졌다.

"장문인, 무슨 내용이시기에 불편해 하십니까?"

"말씀 좀 하소서."

성호 선사가 서찰은 든 채 침묵하자 여기저기서 답답하다는 볼멘소리를 쏟아냈다.

"보시오."

성호 선사는 옆에 앉은 대장로에게 서찰을 넘겨주었다.

대장로 태왕이 서찰을 보더니 소스라쳤다.

"뭣이, 황보악이 살아 있다고?"

"정말입니까?"

장로들은 서둘러 돌아가며 서찰을 읽었다.

하나같이 안색이 딱딱하게 돌변하며 방부 처리된 황보악의 시신을 보았다.

"허어! 이게 도대체?"

"도대체 어느 쪽이 진짜란 말인가? 황보황의 평소 품성을 보아 그런 중요한 일은 절대 가짜 따위를 보내거나 하지 않거늘, 배신을 염려하여 자신이 가장 믿을 수 있는 인물을 보내는 게 그를 이십 년 간 지켜본 내 판단이오."

태왕이 말했다.

태망이 물었다.

"믿을 수 있는 인물이라면?"

"가장 중요한 시기에 가장 믿을 수 있는 인물이라면 혈족밖에 더 있겠소이까?"

"아미타불!"

시끄러운 좌중을 진정시키기 위해 성호 선사가 중후한 불호를 외웠다.

장로들 시선이 일제히 성호 선사를 보았다.

성호 선사는 말했다.

"여러 장로 사숙님들께서는 서찰을 믿으시는지요?"

태왕이 눈을 빛내며 물었다.

"장문인께서는 믿지 않는단 말씀이십니까?"

성호 선사는 당당한 목소리로 말했다.

"황보황은 아주 영리한 사람입니다. 그는 결코 허튼 수작 따위를 부리지 않는 사람입니다. 하지만 상대 소림 또한 영리한 집단이지요. 소림에는 예로부터 한 가지 비전이 전해져 오고 있습니다."

"비전?"

"뭐지?"

장로들이 서로를 돌아보았다.

성호 선사는 나직한 목소리로 말했다.

"백골이 흙으로 사라지기 전까지는 죽은 자의 입을 열 수 있다는 것이지요."

순간 장로들 입에서 경악성이 터져 나왔다.

"시백침마술."

"아, 악마의 술법!"

모두가 눈을 휘둥그레 떴고 일부는 자리를 박차고 일어나기까지 했다.

시백침마술은 마교의 것이다.

죽은 시신의 혼령을 데려와 시체를 말하게 하는 역천의 술법이다.

오백 년 전 마교의 중원침공 때 당시 소림의 장문인 공공 선사께서 마교의 교주 파천대제에게서 압수한 스물한 권의 마서 중 한 권이 시백침마술이었다.

그동안 당시 파천대제로부터 압수한 무공들이 소림 어딘가에 은닉되어 있다는 말은 끝없이 돌았지만 누구도 확인해 주거나 확인한 바는 없었다.

"정말로 그 무공들이 본 사에 있단 말이옵니까?"

태왕이 물었다.

성호 선사는 고개를 끄덕였다.

"있습니다. 몇 일 전 장경각을 들어갔다가 지하 무고 한쪽의 검은 궤를 발견했습니다. 유난히 마기가 강한 것에 의문을 품고 장경각주에게 물었지만 그 역시 관리만 했지 안을 열어볼 수 없어 모른다고 하더군요."

성호 선사는 잠시 말을 끊었다.

모두가 호기심과 흥분 가득한 시선으로 성호 선사를 바라보았다.

"난 그 궤를 열어보았습니다. 그런데 놀랍게도 그 궤에는 당시 오백 년 전 파천대제에게 빼앗았던 마교의 비급들이 가득했고 그 중에서 시백침마술이 있는 것을 보았습니다."

삼장로 태공이 큰 소리로 말했다.

"그럼 속히 시술을 하시지요. 과연 황보세가에 있다는 황보악이 가짜인지 진짜인지 알 수 있을 것 아닌지요?"

"공공 선사께서는 위험한 물건으로 절대 손을 대서는 안 될 것이라고 했지만 상황이 이러하니 장로 여러분의 의견을 받을까 싶소이다."

"의견 받을 것이나 뭐가 있겠소. 지금 소림의 안위가 걸린 중대한 일인데 말이오."

"그렇습니다. 장문인께서는 소림의 주인이십니다. 어서 우리의 눈치를 보시지 말고 시백침마술을 시전하소서."

성호 선사는 자신을 향해 간절한 시선을 던지는 장로들을 바라보며 밖으로 향했다.

황보악의 시신이 부공추물에 의해 허공에 떠 있었다. 성호 선사는 태왕 대장로가 펼쳐 들고 있는 비급을 보며 그림에 그려진 그대로 금침을 꽂기 시작했다.

푹!

푸푹!

금침을 꽂을 지점에는 작은 동그라미가 그려져 있었고 성호 선사는 조심스럽게 꽂았다.

적지 않은 사람들이 방 안을 가득 메우고 있었지만 긴장으로 공기는 뜨겁게 달아올랐다.

침이 많이 꽂힐수록 긴장은 더욱 팽팽해졌다.

"몇 개입니까?"

성호 선사가 이마의 땀을 훔치며 물었다.

지켜보고 있던 장로들이 이구동성으로 말했다.

"백일곱 개이옵니다."

남은 침 두 개가 꽂혀야 할 곳은 단전과 백회였다. 성호 선사는 먼저 단전에 침을 꽂았다. 모든 침은 여덟 치 깊이로 꽂아야 한다고 기록되어 있었다.

이윽고 남은 마지막 백여덟 개째의 금침을 백회혈에 꽂아

넣었다.

푸우우욱!

뚝!

성호 선사의 이마에서 한 방울의 땀이 황보악의 얼굴로 떨어졌다.

모두가 숨을 죽이고 황보악을 바라보았다.

그러나 황보악은 아무런 반응을 보이지 않았다.

시백침마술에 기록되길 제대로 제 위치에 침을 꽂으면 시체는 일정 시간 동안 깨어난다고 했다.

하지만 아무런 반응이 없자 당황한 표정을 지었다.

"잘못 꽂은 것 아니오이까?"

이장로 태망이 굳은 얼굴로 물었다.

성호 선사는 고개를 저었다.

"아닙니다. 정확했습니다."

"음!"

모두가 긴장을 풀지 못하며 숨을 죽였다.

일각이 지나도 여전히 황보악은 침묵했다.

반쯤 썩은 시신은 흉측하여 마주 볼 수 없었지만 워낙 중대한 일을 앞에 둔 만큼 누구도 시선을 거두지 않고 있었다.

팟!

성호 선사의 눈이 찌푸려졌다.

착시처럼 황보악의 아랫입술이 움직이는 것을 보았다.

"움직였소."

그 순간 이장로 태망이 말했다.

"봤소. 또 움직이오."

이번에는 아랫입술이 움직였다.

황보악이 깨어나고 있었다. 입술을 달싹거리며 뭐라고 말을 하려는 황보악을 보며 성호 선사는 입을 열어 말했다.

"내 말이 들리느냐?"

황보악은 인상을 찌푸렸다.

몹시 고통스러운 듯했다.

"저승의 사자들과 이승의 법력이 서로 끌어당기자 영혼이 고통을 느끼는 것이오."

"으으으!"

황보악은 온몸을 떨며 힘겨워했다.

"아… 미… 타… 불!"

성호 선사의 입에서 중후한 사자후가 터져 나왔다.

꾸움틀!

황보악의 몸이 크게 요동하더니 조용해졌다.

그리고 뜨여지는 황보악의 눈.

그의 눈은 초점이 없었다. 단지 안개 같은 흐릿한 막이 출렁거리고 있었다.

"내 말이 들리느냐?"

내공이 실린 목소리에 황보악은 입을 열어 대답했다.

"무, 무서워."

불가의 강한 법력에 영혼이 사로잡히자 공포스러워했다.

성호 선사는 목소리를 부드럽게 바꿨다.

"염려 말거라. 절대 무섭지 않다. 난 너를 고통 속에 빠뜨리지 않을 것이니라."

"아, 안 믿어."

"믿거라. 난 부처의 제자이니라. 그분은 자비하고 용서를 즐겨하시는 분이니라. 묻겠다. 너의 이름이 무엇이더냐?"

황보악의 몸이 다시 한 번 요동했다.

얼른 입을 열지 않자 일장로 태왕이 묻는다.

"왜 그러는 건가?"

이장로 태망이 대답했다.

"본능입니다. 우리의 의도를 알아차린 것이죠."

"어떻게 죽은 자가 우리의 의도를 알아차린단 말인가."

"놈의 몸이 죽었지 영혼이 죽었나이까? 몸이 깨어나면서 영혼도 몸속으로 다시 끌려들어 왔지만 우리의 질문 의도를 알기 때문에 강하게 반발하는 것입니다."

"그럼 자신이 황보악이라는 것을 알고 있다는 의미도 되지 않는가."

"물론입니다. 그렇기 때문에 대답을 얻어내기란 쉽지 않을 것입니다."

모두가 신기하다는 표정을 지었다.

성호 선사는 입을 열었다.

"다시 물을 것이니라. 너의 이름을 말해 보거라. 난 절대 너에게 피해를 끼치지 않을 것이니라."

"시, 싫어."

"이노옴!"

강력한 사자후가 터졌다.

부르르르!

황보악의 몸이 사시나무처럼 떨었다.

"말하라."

"아, 안 돼."

"이사형."

성호 선사가 이장로 태망을 불렀다.

"시간이 없사옵니다. 아무래도 손을 좀 빌려야겠나이다."

"소, 손을 빌리다니 설마 고문을?"

"어쩔 수 없나이다."

"놈은 시신이오."

"지금은 살아 있지요."

"그렇다 치더라도 불가에서 이득을 얻기 위해 고문을 가한다는 것은 불가하오. 장문인, 재고하시오."

성호 선사의 눈에서 강렬한 신광이 뻗어나왔다.

"본 사의 생사가 걸린 일입니다. 난 본 사의 안녕과 명예를 위해서라면 이보다 더한 일도 할 준비가 되어 있습니다. 이사형, 어서 시작해 주십시오."

성호 선사는 장로들을 쏘아보듯 했다.

일부는 시선이 마주치자 눈을 돌렸고 일부는 한숨을 내쉬었으며 일부는 말을 하지 않았지만 눈빛으로 강하게 안 된다는 반대 의견을 던지고 있었다.

그러나 누구도 성호 선사의 단호한 의지를 가로막지는 못했다.

"그럼 시작하겠나이다."

태망은 긴 호흡을 하고 오른손을 뻗었다.

슈슈슈!

소림이 자랑하는 탄지신통이 펼쳐졌다.

파파팍!

황보악의 몸의 중요 혈도 십여 곳에 지력이 격중되었다.

한순간 황보악의 몸이 요동을 치기 시작했다.

뿌드드득!

뼈가 뒤틀리는 소리에 모두가 안색을 급변시켰다.

—분근착골!

고문 중 가장 잔인한 수법이다.

한번 걸려들면 죽은 사람도 견디지 못한다고 전해지는 피의 수법에 황보악은 몸서리를 쳤다.

"으으으!"

"말하거라. 너의 이름이 무엇이더냐?"

성호 선사는 차갑게 물었다.

꿈틀!

부들부들!

온몸을 경련하며 뒤트는 황보악을 향해 거듭 물었다.

"이름을 알고 싶구나."

황보악의 굳게 물린 입술이 들썩거렸다.

"호… 황… 보… 악!"

성호 선사가 물었다.

"황보황과는 어떤 관계이더냐?"

"으으!"

"황보황과의 관계를 말하라."

또다시 황보악은 주춤거렸다.

자신의 입이 열리는 순간 부친에게 어떤 피해가 되돌아가는지 알기 때문에 영혼이 입을 막고 있었다.

푸푸푹!

더욱 강도 높은 분근착골이 가해졌다.

"말하라!"

천둥소리와 같은 성호 선사의 목소리 앞에 황보악은 더 이상 견디지 못했다.

"아… 아들입니다."

"황보황은 너에게 무슨 일을 시켰느냐?"

"공후 선사를 기습한 홍운 무사들을 도륙하여 살인멸구하라는……."

"정말이더냐?"

황보악의 몸이 파도처럼 떨렸다.

성호 선사는 다시 물었다.

“너희 집에는 가짜가 있다는구나. 진짜인 너와 어떻게 구별할 수 있느냐?”

부울끈!

가짜가 자기 노릇을 하고 있다는 말에 황보악의 눈이 커졌다. 그것은 분노였다. 가뜩이나 저승의 영혼을 끄집어내어 가하는 고문에 분노가 폭발할 지경인데 가짜 황보악이 자기 노릇을 한다고 하자 흥분했다.

“어… 어느 놈이.”

“화가 많이 나는 모양이구나.”

황보악의 입술이 바르르 떨렸다.

“찌… 찢어 죽일 놈.”

“어서 말하라. 보나마나 너희 아비가 가짜를 내세워 억울하다고 길길이 뛸 것이니 어서 진위 구별법을 말해주거라.”

“으으! 개자식을 내가 가만두면 사람이 아니다. 아니지, 아버지가 나한테 그럴 수가!”

분노의 화살을 부친에게 돌렸다.

황보악은 말했다.

“사, 사실 난 와… 좌룡심법을 익혔다.”

“좌, 좌룡심법(座龍心法)?”

“그, 그게 사실이더냐?”

장로들 얼굴에 놀라운 빛이 가득했다.

좌룡심법은 용이 앉아 호흡을 가다듬는다는 말이다. 용은 절대 앉을 수 없다. 용이 앉지 못하는 건 한 가지 때문이라고 전해진다.

사람으로 말하면 생식기 때문이다. 생식기가 방해를 하기 때문에 앉지 못하는데 문제는 가끔씩 앉아서 호흡을 가다듬는 용이 있었다. 그런 용들은 타고 날 때부터 생식기가 없기 때문이다.

"하, 하면 너의 생식기가 없다는 말이냐?"

"아, 아닙니다. 있긴 했지만 거의 형체만 희미했습니다. 그래서 좌룡심법을 익혔고 그 바람에 그마저도 사라져 버린 것이지요."

성호 선사가 고개를 끄덕였다.

"허어, 그런 일이 있었구나. 저승에 가서는 좋은 사람이 되어 살거라. 갈!"

강한 사자후와 함께 태망 또한 손을 뻗어 분근착골을 거두었다.

쿵 소리를 내며 허공에 떠 있던 황보악의 시신이 탁자로 떨어졌고 등에 박혀 있던 침들이 앞가슴을 뚫고 나왔다.

황보세가 앞에 총관 탁발환을 위시한 간부 십여 명이 나와 있었다. 저 멀리 소림의 대장로 태왕을 위시한 장로들이 다가오고 있었기 때문에 마중을 나온 것이다.

보름 전 소림에서 황보세가에 장문인의 마음이 담긴 서찰을 전할 것이 있다는 통지를 해왔다.

일파 지존들이 회합을 하는 데는 두 가지 방법이 있었다. 아무도 모르게 은밀히 만나는 음성회합과 공공연하게 만나는 양성회합이 그것이었다. 양성회합은 보는 사람들 눈도 있고 하여 가급적 최상의 예우를 다한다. 더구나 상대가 강호제일문 소림인만큼 탁발환이 간부들을 데리고 직접 나왔다.

태왕을 비롯한 장로들과 그 뒤로 백팔나한이 밀려왔다. 일백 명이 훨씬 넘는 숫자가 오는데 발걸음 소리 하나 들리지 않는다. 그것은 모두가 신법을 펼치고 있었기 때문이었다.

비록 걸어오는 길도 풀 한 포기 없는 포도였지만 소림의 인물들이 펼치고 있는 것은 초상비였다. 땅에서 두 자 가까이 떠서 무릎도 구부리지 않고 수평으로 날아오고 있는 당당한 모습에 지켜보고 있던 탁발환의 안색은 풀릴 줄을 몰랐다.

─잘못 보았다!

사람의 무공 수준을 평가하는 데 신법만큼 정확한 것도 없다. 특히 빠름보다 느림이 더 어려운 것이 신법.

탁발환은 자신의 판단력에 문제가 있음을 느꼈다. 물론 지금 다가오는 인물들은 소림 최상위 인물들이지만 이토록 사람의 걸음 속도와 비슷할 만큼 초상비를 느리게 시전할 줄은 몰랐던 것이었다.

이윽고 일행이 왔다.

맨 선두인 태왕의 등 뒤에 서 있는 이장로 태망의 손에 붉은 옥함 하나가 들려 있었다.

태망이 태왕에게 붉은 옥함을 넘겼다.

붉은 옥함에는 소림 장문인이 황보세가의 가주에게 보내는 서신이 들어 있을 것이었다.

옥함을 넘겨 받은 태왕이 천천히 걸어나왔다.

그러자 이쪽에서도 탁발환이 서너 발자국 마중을 나갔다. 예의인 것이다.

탁발환은 허리를 구부려 옥함을 받았다.

옥함을 든 탁발환의 몸이 장원으로 사라졌다. 잠시 후 서신의 결과를 가지고 나올 것이다.

"조금 이상하지 않소? 저 중놈들 말이오."

운낭이 나직한 목소리로 개구옥에게 물었다.

개구옥 또한 가만 고개를 끄덕였다.

"서신을 가져온 놈들치고는 살짝 찌르기만 해도 터질 것 같은 풍선처럼 팽팽해 있지 않소이까?"

뭔가 심상치 않았다.

"서신을 가져왔다는 건 핑계이고 우리가 공후 선사를 죽였다는 것을 알고 오지는 않았겠지요?"

"제사당주. 낮말은 새가 듣고 밤말은 쥐가 듣는다고 했소. 목소리를 더 낮춰야겠소이다."

개구옥이 점잖게 타일렀다.

하지만 운낭은 또다시 입을 열었다.

"저놈들이 그 사실을 알았다면 이렇게 점잖게 나올 이유가 없지. 그나저나 네놈들 망할 날도 얼마 남지 않았느니라. 흐흐흐."

혼자 흐뭇한 미소를 짓고 있을 때 안으로 들어갔던 탁발환
이 나왔다.

들어갈 때와 달리 나오는 탁발환의 모습은 돌덩이가 되어
있었다.

척!

그는 소림인들과 적당한 거리를 두고 섰다.

옥함은 황보황에게 전해졌고 그에 의해서 열렸으며 내용 또
한 드러났다.

"대장로."

탁발환이 나직한 목소리로 입을 열었다.

그 순간 태왕의 입에서 사자후 같은 외침이 터져 나왔다.

"아미타불! 허튼 소리 하려거든 집어치우시오. 아무리 아니
라고 해봤자 지독한 거짓과 위선적인 변명밖에 되지 않을 것
이니."

탁발환의 얼굴에 노기가 떠올랐다.

"증거도 없이 이런 무례한 일이 어디 있단 말이오. 다른 사
람도 아닌 소림의 장문인을 우리가 죽였다니, 설마 성과사에
서 발견된 그 수많은 본 가 무사들이 정말로 우리 아이들이라
고 믿는단 말이오? 거듭 말씀드리지만 그 정도의 음모와 함정
은 누구라도 마음만 먹으면 펼칠 수 있소이다."

황보세가 쪽에서 술렁거림이 일어났다.

"말도 안 돼!"

"어떻게 그런 억지를 부린단 말인가. 우리가 공후 선사를 죽이다니."

태왕의 얼굴이 더욱 달아올랐다.

"황보세가에 인면수심의 총관 한 명이 있다더니 과연 소문이 사실이었군."

"닥치시오. 보자보자 하니까 우리가 소림이라고 하면 두려워할 줄 알았소이까?"

태왕이 큰 소리로 말했다.

"우린 이미 그대들이 생존자들의 입을 막기 위해 척살조로 보낸 황보악의 입을 통해 모든 것을 알고 있소이다."

"지금 본 가의 대공자님의 입을 통해 알고 있다고 했소이까? 그분께서는 어디 계시오. 본 가의 대공자님께서 정신병자가 아닌 다음에서야 소림을 찾아가 그런 말씀을 할 리가 없으니 어디 얼굴 좀 봅시다."

"황보 공자는 죽었소."

"으하하하"

"죽었대!"

여기저기서 비아냥의 웃음 소리가 들려왔다.

"정말 웃기는 소리로군. 멀쩡히 살아 있는 대공자님께서 죽었다니 이런 망발이 있나. 뭣들 하느냐? 당장 가서 대공자님을 뫼시고 나오거라."

나머지 황보세가 무사들 얼굴에 자신감이 내비쳤고 어느새 여유가 흘렀다. 그러나 단 한 사람, 형당 당주 개구옥의 표정은 굳어 있었다.

"왜 그러십니까? 안색이 좋지 않습니다?"

개구옥은 입술을 지그시 깨물었다.

"음! 아닐세."

개구옥은 고개를 들어올려 하늘을 바라보았다.

느낌이 좋지 않다.

이런 날은 자주 오지 않는다. 일 년, 아니, 지금까지 별로 없었던 것으로 기억되었다. 마치 볼일을 보고 뒤를 닦지 않은 듯 가슴 한곳이 서늘해지는 건 뭔가.

"운 당주!"

"예!"

"승려들은 오랜 수양으로 인해 함부로 움직이지 않네. 물론 이건 내 경험이지만."

"그런데요?"

"저들이 저렇게 집단으로 움직였다는 건 뭔가 확증을 잡았다고 봐야 하지 않을까?"

"전 그보다 옥함에 뭘 넣었을지가 궁금합니다."

개구옥이 눈을 좁혔다.

잠시 생각하는 눈치를 보이더니 입을 열어 말했다.

"아마!"

개구옥은 뜸을 들였다.

"소림 장문인의 죽음을 우리측 소행으로 확신한다면서 선전포고의 서찰을 가져오지 않았겠소?"

운낭은 소스라쳤다.

"서, 선전포고?"

바로 그때였다. 갑자기 천둥처럼 커다란 목소리가 장내를 울렸다.

"어느 시정잡배가 날 죽었다고 하더란 말이냐? 누구냐?"

큰 소리를 치며 나타난 이는 황보악이었다.

나타난 황보악을 보며 태왕은 흠칫했다.

너무 똑같았기 때문이었다.

태망이 신음에 가까운 투로 말했다.

"와, 완벽합니다."

만약 모르고 왔다면 완벽하게 당할 만큼 황보악은 똑같았고 목소리도 구별하기 어려웠다.

"내가 죽었다고 했소이까?"

황보악이 으르렁거렸다.

보라는 듯 팔 소매까지 걷어붙이고 험악한 표정을 짓는다.

"이래도 되는 것이오? 살아 있는 사람을 죽었다고 악소문을 터뜨리며 선전포고를 해오다니. 좋소이다, 한번 붙어 봅시다. 불감청고소원이라 했는데 소림의 힘이 어느 정도인지 매우 궁금했소이다."

태왕은 어느새 평온을 되찾았다.

이미 확실한 증거를 갖고 있었지만 상대가 자신이 아는 황보악과 너무 똑같아 잠시 당황을 금치 못했다.

"황보 시주."

"말하시오, 선사."

황보악의 목소리는 우렁찼다.

태왕 대장로가 말했다.

"황보 시주, 대단히 송구하오만 그게 있소이까?"

"그것이라뇨?"

"장부의 상징 말이오."

흠칫!

황보악의 눈이 정지했다.

"이 자리에 아무리 장부들만 있는 곳이라지만 상징을 보여 준다는 것이 쉽지는 않을 것이오. 그런 면에서 내가 먼저 보여 드리겠소이다."

태왕은 말릴 틈도 없이 가사를 들추더니 자신의 것을 보여 주었다.

태왕의 그런 행동에 황보세가 무사들이 깔깔거리며 웃었다. 그들은 아직까지 자신들의 대공자가 태어날 때부터 생식기가 없다는 사실을 모르고 있었다.

그렇기 때문에 태왕 선사의 것을 보며 깔깔거린 것이다. 늙은 노인의 것은 볼품 없고 초라했다.

"보았소? 나처럼 장부라면 그대에게도 있어야 할 것, 어디 보여주시오."

그때 운낭이 개구옥을 향해 말했다.

"저 땡초, 늙은 것 아니오? 아니, 지금 상징을 꺼내 놓고 뭣 하는 수작이지. 저것으로 대공자의 진위라도 가리겠다는 거야, 뭐야. 천하에 상징 없는 사내가 어딨어."

개구옥이 어금니를 깨물며 말했다.

"자세한 건 아니지만 대공자님께 상징이 없다고 들었네."

"무슨 말이오? 상징이 없다니? 그렇다면 무기(無器)?"

"자세한 건 아니지만 언젠가 언뜻 들은 적이 있네."

휙!

운낭의 고개가 태왕 장로에게 돌아갔다.

"그럼 저자들이 지금 대공자님께 치욕을 안기겠다는 뜻 아니오? 저런 비겁한 놈들."

"그게 아닐세."

"아니긴 뭐가 아니란 말이오? 뻔하잖습니까? 아무리 철면피라고 해도 이렇게 많은 사람들 앞에서 없는 상징을 보인다는 건 당사자에게는 치명적인 서글픔 아니겠습니까?"

개구옥이 말했다.

"내 생각은 조금 다르네. 가짜라면 쉽게 옷을 내리지 못하리란 걸 알고 선수를 친 것이 분명하네."

역용으로 얼굴을 바꾸고 변성도 가능하다. 심지어 축골공으로 몸도 늘이고 줄일 수 있지만 불가능한 것이 있었다. 그것은 장부의 상징이었다. 그건 어떤 능력을 지녔다고 해도 만들 수 없었다.

"왜 내리지 못하오. 노납처럼 보여 보시오?"

황보악의 얼굴에 당황한 그림자가 떠올랐다.

황보악뿐만이 아니라 탁발환 또한 눈을 찢어져라 부릅떴는데 마치 뒤통수를 한 대 얻어맞은 표정이었다.

"어서 보이시오. 만약 열을 셀 동안 보이지 않으면 우린 그대를 가짜로 판단하고 총공격을 개시할 것이오."

푸드득!

그 말이 떨어지자마자 한 마리 전서구가 날아와 태망의 팔에 내려앉았다. 그가 전서구의 발목에 묶인 전통을 떼어내 안에 말린 서신을 꺼내 태왕에게 건네 준다.

태왕은 서신을 읽더니 환희에 찬 불호를 중얼거렸다.

"아미타불! 무당파에서 우리와 행동을 같이 하겠다는 전갈을 장문인께 보냈다 하오."

"아미타불!"

"역시 무당은 소림의 영원한 벗이오."

장로들이 고개를 끄덕였다.

반대로 탁발환의 안색은 더욱 흙빛으로 변했다.

소림도 준비가 되지 않아 힘겨운데 무당까지 합세한다면 이번 전쟁은 아주 위험했다.

"그럼 숫자를 세겠소이다. 하나!"

태왕은 숫자를 세었다.

하지만 황보악은 전혀 아랫도리를 보여줄 생각이 없는 듯 싸늘한 안색으로 서 있기만 했다.

둘을 세고 셋을 세고 넷을 세었지만 여전히 황보악은 서 있었다.

영문을 모르는 황보세가 무사들이 수근거렸다.

“왜 안 보여주지. 나 같으면 확 내려 버릴 텐데.”

“아, 내걸 보여주고 싶어.”

일곱을 세도록 황보악은 요지부동이었다.

“아미타불! 여덟, 아홉!”

숫자를 멈추었다.

태왕이 나직하지만 힘이 실린 목소리로 말했다.

“이제 하나 남았소이다. 정녕 내릴 의향이 없으시오?”

황보악은 침묵했다.

태왕은 길게 숨을 가다듬었다.

“열!”

말이 떨어짐과 동시에 황보세가 무사들이 이상하다는 듯 투덜거렸다.

“도대체 뭐하는 거야. 아니 그것 좀 보여 주는게 무슨 일이라고 이래.”

“설마 정말로 진짜는 죽고 가짜?”

시선들이 황보악에게 몰렸다.

빨리 지금이라도 늦지 않았으니 보이든지 아니면 뭐라고 말해 보라는 독촉이기도 했다.

그런데 황보악의 시선이 탁발환에게 향했다. 그것은 도움을 요청하는 눈빛이었다.

태왕이 살기를 실어 말했다.

“소림의 제자들은 듣거라. 황보세가는 본 사의 장문인을 죽인 용서할 수 없는 적이니라. 전원 공격하라!”

"아미타불!"

"나무관세음보살!"

장로들을 비롯한 백팔나한이 일제히 불호를 외우며 날아갔다.

"막아랏!"

"쳐라!"

탁발환도 소리쳐 말했다.

양측은 금새 뒤엉켜 치열한 싸움을 전개하기 시작했다. 싸움은 어느 쪽으로도 기울지 않고 팽팽했다. 소림에서도 정예가 왔고 황보세가 또한 모든 정예들을 만약을 대비해 집결시킨 것이었다.

콰가강!

파아아!

소림의 적수공권과 황보세가의 칼이 쉴 사이 없는 충돌을 일으키며 비명이 터져 나왔다.

"크윽!"

"으아악!"

황보세가 무사 둘이 태왕의 장력에 비명을 지르며 날아갔다.

싹뚝!

그와 같은 순간에 소림의 백팔나한 중 한 명의 목이 탁발환의 칼에 잘린다.

"컥!"

싸움에 물러섬이란 없었다.

자파의 자존심이 걸렸음을 의식한 듯 오로지 앞으로 돌진하고 공격만이 전부였다.

퍼억!

콰콰콱!

커다란 굉음이 전장을 뒤흔들었다.

비명이 난무하고 피가 금새 지면을 붉게 덮었다.

바로 그때였다. 저 멀리서 한 소리 외침이 흘러나왔다.

"태왕 대장로! 내가 왔소이다!"

까마귀 떼, 아니, 수백의 사람들이 벌떼처럼 날아내렸다.

"아니, 화산의 태을검 아니시오?"

자기 곁에 날아내린 중년의 검객을 보며 태왕은 미소를 지었다.

칼 같은 눈썹과 봉황의 눈을 가진 준수한 용모의 중년인은 다름 아닌 화산파의 현 장문인 태을검이었다. 화산 사상 다섯 고수 안에 든다 할 만큼 그가 펼치는 이십사수매화검법은 가히 강호 일절이었다.

화산이 합세하면서 전황은 삽시간에 기울어졌다.

"악!"

"크헉!"

황보세가의 무사들이 마침내 뒷걸음을 치기 시작했다.

"무량수불!"

그때 천둥을 치는 듯한 도호가 울리며 도포 차림의 무사들이 나타났다.
　'무당까지 왔다!'
　개구옥의 안색이 굳어졌다.

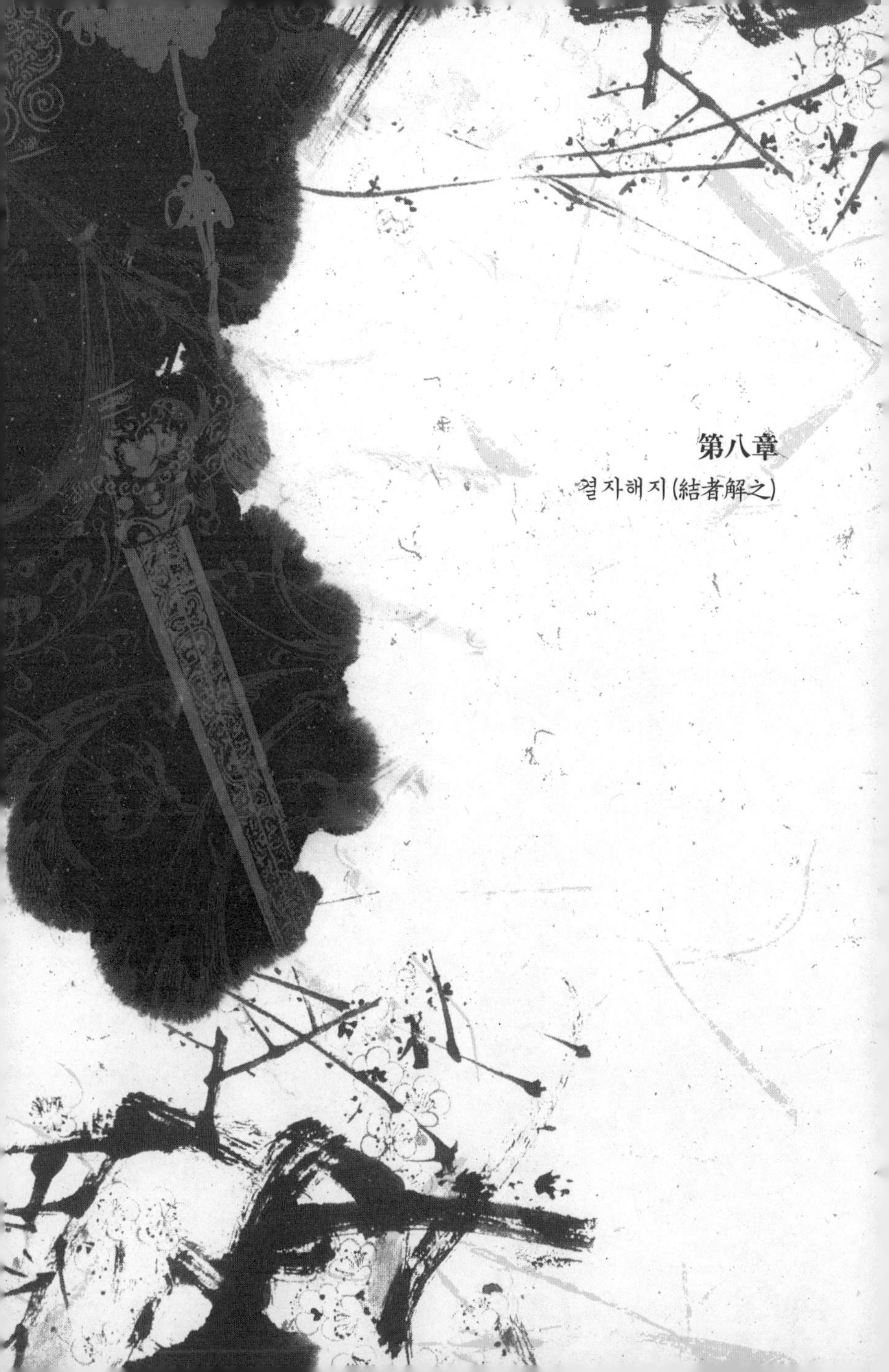

第八章

결자해지 (結者解之)

검명도살

　그 시각 황보세가 가장 깊숙한 곳에서는 황보황이 홀로 술을 마시고 있었다. 이미 상당히 마신 듯 그의 주위로 서너 개의 술병이 나뒹굴고 있었다.
　멀리서 비명이 들려왔지만 황보황은 꼼짝도 하지 않았다.

　─어디에서 문제가 생겼는가?

　지금까지 계획은 완벽했고 톱니바퀴처럼 착착 물려 돌아갔다.
　소림이 어떻게 자신들이 계획한 사건의 전모를 알고 있는가.

덜컹!

문 열리는 소리에 고개를 돌렸다.

뚝!

황보황의 눈이 멈췄다.

탁발환이 들어서고 있는데 피로 칠을 하고 있었다.

적당한 거리에 다가와 무릎을 꿇고 앉는다.

“한잔하겠나?”

술을 따라 주었다.

탁발환은 말없이 두 손으로 받았다.

잔을 넘치도록 따라주었고 탁발환은 두 손으로 잔을 들어 천천히 마셨다. 한 방울도 남기지 않고 잔을 비운 탁발환이 이번에는 황보황에게 잔을 내밀고 두 손으로 넘치도록 따라준다.

“피하십시오.”

탁발환은 아무 말도 하지 않았다.

“크악!”

“악!”

비명이 좀더 가까워졌다.

“무당에 이어 화산까지 왔습니다.”

멈칫!

잔을 들어올리던 황보황의 동작이 멈췄다.

“지금?”

“그렇습니다. 화산까지 물밀듯이 밀려오고 있습니다. 이제

길이라고는 없는 듯 싶습니다.”

황보황은 다시 잔을 들어 비웠다.

말없이 잔을 내리고 말했다.

“화산이라……. 화산이라…….”

무당까지는 어떻게 버텨보리라 생각했다. 그러나 화산까지
가세했다면 결과는 뻔했다.

쿵쿵쿵!

또다시 누군가 복도를 걸어오는 듯 발걸음 소리가 들려왔
다. 탁발환의 고개가 매섭게 입구를 노려보았다. 적이라면 이
렇게 요란한 소리를 내며 다가오지 않는다.

잠시 후 방 안으로 들어선 사람은 거구의 개구옥이었다. 그
런데 온몸에 피가 범벅이 되어 있었다.

개구옥은 몸의 중심을 잡지 못하고 흔들거렸다.

“주군, 속하 먼저 가옵니다.”

쓰러지지 않기 위해 안간힘을 다했다.

“부… 부디 용서를.”

퍼어억!

그 말을 끝으로 엎어졌다.

등 뒤에는 놀랍게도 소림의 대금강룡수가 세 개나 찍혀 있
고 다섯 자루의 검이 깊숙이 박혀 있었다.

탁발환은 입을 열었다.

“도망이 아닙니다. 주군께서 떠나지 않으면 일천의 원혼은
누가 위로해 주겠사옵니까?”

황보황의 입가에 미소가 떠올랐다.

그건 차가운 자조였다.

자신을 믿고 따라준 일천 명에 대한 미안함이었고 그들이 물러서지 않고 한 목숨 내던지는 것에 대한 고마움이기도 했다.

"누군가 내 죽음을 알아주고, 인정해 준다면 무사는 기꺼이 죽습니다. 한데 만약 복수까지 약속을 해준다면 죽는 데 뭐가 두렵겠나이까? 주군께서는 더 이상 여기 계셔서는 안 됩니다. 떠나소서."

"한 잔 더 받게."

탁발환이 잔을 받았다.

황보황이 술병을 들어 잔을 채우며 말했다.

"밖에 날씨는 어떤가?"

"다행히 햇빛도 좋고 바람도 살랑거리옵니다."

"좋은 날씨로군."

"으아아악!"

"컥!"

비명 소리는 더욱 가까워졌고 탁발환의 눈에 다급한 기색이 어렸다. 좀더 지체하면 위험하다. 자칫 포위될 공산이 크기 때문이었다.

황보황은 조용히 자리에서 일어나 벽에 걸어 놓은 칼을 들었다. 그리고 말없이 앞장서서 나갔고 그 뒤를 탁발환이 따랐다.

문 밖을 나가자 누군가 화살 공격을 하는지 화살 십여 개가 날아왔다. 두 사람은 소로를 따라 야트막한 언덕을 넘어 깊숙이 들어갔다. 작은 분지가 나타나더니 한 채의 초라한 전각이 모습을 드러냈다. 약속이나 한 듯 둘 모두 표정이 굳어졌다.

—도풍강수!

한줄기 칼바람이 일면 강호가 잠든다는 황보세가의 이인자이자 대호법 도백 황보곤의 거처.

몇 번이나 강호에서의 위치에 비해 거처가 너무 초라하지 않느냐면서 황보황은 증축 의사를 내비쳤으나 집이 화려해진다고 칼까지 화려해지지는 않는다는 말로 단호히 반대를 했던 거목.

"어찌했는가?"

"편히 잠드셨을 것입니다."

"미안하군. 참 멋진 친구였는데."

두 사람은 잠시 정적에 쌓인 도풍강수를 바라보고 발걸음을 서북쪽으로 옮겼다.

도풍강수 서북쪽으로 수직 절벽 하나가 있었다.

낙일애.

오르기도 어렵고 내려오기도 어렵다. 황보황의 선택은 바로 낙일애를 이용한 탈출이었다. 적들도 설마 낙일애를 이용한 탈출을 감행하리라고는 전혀 생각지 못할 것이었다.

두 사람이 도풍강수를 지나쳐 작은 숲에 이르렀을 때 왜소
한 별채로부터 낭랑한 목소리가 흘러나왔다.

"한 수만 물려다오."

"안 됩니다."

누군지 모르지만 바둑을 두는 듯했다.

굵은 목소리가 약간 사정하는 투로 말했다.

"한 수만 안 되겠느냐? 두 번 다시 절대 봐달라고 하지 않겠
다."

"미안합니다. 형님. 벌써 몇 수를 양보해 주셨습니까? 더 이
상은 곤란하니 어서 두십시오."

"정말 이럴 거냐? 너무한다."

"저도 괴롭습니다. 하지만 승부가 걸렸는데 언제까지 물려
줄 수는 없지 않겠습니까?"

방 안에서는 황보산과 추산이 바둑을 두고 있었다. 추산이
흑을 쥐었는데 판세는 백이 기를 펴지 못하고 있었다. 황보산
은 잔뜩 이마를 찌푸리며 혹시 어디 탈출구는 없는지 바둑판
을 뚫어져라 살피고 있었다.

"바둑 두시는 형님 어디 가셨나? 형님, 산이 형님."

추산이 약을 올리자 황보산의 이마는 더욱 좁혀졌다.

"형님, 형님. 바둑 두셔야죠?"

"치사한, 졌다."

툭!

황보산은 백돌을 던져 버렸다. 그러더니 눈을 빛내며 말을

이었다.

"한 판만 더 두자."

"좋습니다. 대신 석 점을 까십시오."

"싫다."

"그럼 관두십시오. 나도 더 이상 두고 싶은 마음이 없습니다."

두 사람이 옥신각신 하고 있을 때 갑자기 문 열리는 소리가 들렸다. 둘은 약속이나 한 듯 고개를 쳐들었다.

"배, 백부님!"

황산이 앉아 놀란 표정을 지었다.

방을 들어선 사람은 황보황과 탁발환이었다.

황보황은 대뜸 추산을 향해 물었다.

"넌 누구냐?"

추산은 가벼운 미소를 지으며 대답했다.

"추산이라고 하옵니다."

황보황은 추산의 위아래를 훑었다. 이어 곁에 서 있는 탁발환을 돌아보았다.

탁발환더러 아는 인물이냐는 질문이다.

탁발환이 고개를 내저었다.

총관이라고 하여 황보세가 일천 무사의 이름을 모두 외울 수는 없었다. 그러나 이곳 황보산의 거처인 산원(山院)은 금지구역으로 도풍강수의 주인인 황보곤, 특히 청소혜의 허락 없이는 절대 출입이 불가능하다.

유일하게 황보황과 황보악만은 한 혈족이기 때문에 예외일 뿐 나머지는 철저히 차단된다. 물론 그 이유는 간단했다. 아들 황보산의 추한 모습을 외부인들에게 보여주기 싫다는 것이었다. 그런데 추산이 들어와 있다는 건 청소혜의 허락이 떨어졌다는 것을 의미했을 뿐만 아니라 형님 동생 할 정도면 하루이틀 출입한 게 아니라는 것을 알 수 있었다.

"소속이 어디냐?"

황보황이 물었다.

아직까지 저만큼 준수하고 기품이 있는 수하 무사가 있다는 말을 들어본 적이 없었다.

추산은 말했다.

"전 외부인이옵니다. 황보세가 사람이 아니지요."

흠칫!

둘은 동시에 놀랐다.

내부인도 들어올 수 없는 이곳에 외부인이 들어왔다는 것은 실로 충격적인 일이 아닐 수 없었다.

"자세히 말하라. 넌 누구냐?"

탁발환의 얼굴이 싸늘해졌다.

그때였다. 문 입구에서 싸늘한 음성이 들렸다.

"왜요? 산이 친구예요. 산이에게 친구가 있으면 안 되나요?"

언제 나타났는지 청소혜가 싸늘한 표정으로 서 있었다.

탁발환은 잽싸게 허리를 구부렸고 황보황도 아는 체를 했다.

"계수씨."

"그 더러운 입으로 어디서 날 부르나요?"

청소혜의 눈에서는 살기가 쏟아지고 있었다.

탁발환이 놀라며 물었다.

"삼모님, 가주님께 지금 무슨 망발을."

"쳐죽일 놈."

탁발환 또한 어이가 없다는 표정을 지었다.

황보황이 싸늘한 표정으로 말했다.

"사과하지 않으면 아무리 계수씨이지만 용서 않겠소. 해명하시오."

청소혜가 추산을 보았다.

"산아, 네가 대신 말 좀 해주거라. 쳐죽일 인간들이 아직도 뭘 모르고 있구나."

추산이 웃음을 지었다.

"네, 어머니!"

추산의 넉살에 청소혜는 완전히 반해 버렸고 어머니라고 부르도록 했다. 추산은 도수에 의해 숨져간 황보곤의 모습을 상세히 설명해 주었다.

그제야 왜 청소혜가 자신들을 향해 그토록 적의를 쏟아내는지 알게 된 듯 두 사람의 안색이 굳어졌다.

"천인공노할 인간들. 탁가 저놈이야 인간이 아니니까 그렇다 쳐요. 하지만 친동생을 죽이도록 명령한 아주버님은 절대 용서할 수 없어요."

황보황이 말했다.

"호호! 그래서 날 죽이겠다는 것이오?"

추산이 나섰다.

"내가 죽입니다. 황보곤 대협께서 부탁을 했거든요. 다른 사람은 몰라도 형님과 저 인간은 꼭 밟아달라고 말입니다."

그러면서 환한 표정으로 웃었다.

"감히 네까짓 놈이 여기가 어디라고."

탁발환의 칼이 움직였다.

번쩍!

비전혈도, 일명 서글픈 뇌전이라 부를 만큼 그의 칼은 빠르다.

쫘악!

양단되는 추산의 모습에 황보산이 비명을 질렀다.

"사, 산아!"

팍!

그러나 칼은 추산이 서 있던 바닥을 찍었다.

탁발환의 칼은 환영을 벤 것이다.

"놈!"

탁발환이 당황한 표정을 짓더니 재차 칼을 후려쳤다.

스으으!

그러나 추산의 몸은 또다시 환영을 남기며 일보를 움직였다.

백보 빠를 필요 없다.

단 한 걸음 야무지게 움직이면 절대 당할 리 없다는 북두칠보가 펼쳐진 것이다.

팍!

또다시 바닥을 벤 탁발환의 숙여진 상체를 향해 주먹이 쳐 올라 갔다.

퍽!

"크윽!"

강한 주먹에 앞가슴을 얻어맞은 탁발환이 비명을 지르며 비틀거렸다. 그 틈을 놓치지 않고 다가선 추산의 양주먹이 번갯불을 토해 내었다.

퍼퍼퍽!

한 번 보인 빈틈으로 탁발환은 주도권을 빼앗겼고 추산의 주먹은 연신 불을 뿜었다.

"사악칠권! 아, 아니닷."

황보황이 놀란 표정을 지었다.

언뜻 사악칠권 같았지만 훨씬 빠르고 강하다. 특히 한 주먹 한 주먹에 실린 힘은 살인적이었다.

마치 황보세가의 빠름과 당문의 무거움이 골고루 섞인 것 같은 중후한 주먹.

무인이라면 누구나 꿈꾸는 경지이다. 빠르면 가볍고, 무거우면 느린 것이 세상의 이치이고 섭리이다. 수많은 고수들이 이 단점을 없애고자 평생 수고하고 피땀을 흘렸지만 끝내 뜻을 이루지 못했다.

그런데 추산의 주먹은 빠른 데다 가공할 무게까지 실려 있
었다.

빡!

빠— 바바악!

탁발환의 앞가슴과 얼굴은 만신창이가 되었다.

그런데도 그는 기죽지 않고 칼을 휘둘렀다.

쉬악!

물론 칼은 처음과 달리 빠르지 못했고 본능적인 휘두름일
뿐이었다.

슈욱!

추산의 몸이 비호처럼 덮쳐갔다.

한 걸음을 떼었을 뿐인데 어느새 앞가슴 깊숙이 붙어버렸
다.

퍼억!

강력한 쳐올림에 턱이 뒤로 넘어갔고 좌우 연권이 옆구리에
틀어박혔다.

"끄으으!"

피를 토해낸 탁발환이 비틀거렸다.

척!

벽에 몸을 기댄 탁발환은 한 번 숨을 쉴 때마다 코와 입에서
핏덩이를 쏟아냈다.

"무, 무슨 주먹이냐. 소, 소림의 백보신권보다 위대한……"

추산은 말했다.

“북두칠권이라는 것입니다.”

“부, 북두칠권. 혹시 북두왕과는……?”

“아는 것도 많군요. 맞습니다. 그분께선 남긴 절기입니다. 우연히 이 몸이 얻었습니다.”

“부, 북두와… 앙…….”

털썩!

그 말을 끝으로 탁발환이 엎어졌다.

더 이상 꼼짝도 하지 않는 것이 숨이 끊어진 듯했다.

추산이 황보황을 보았다.

추산의 시선은 조용히 타올랐다. 오기 전까지는 자신있다고 생각했는데 아직 어린 탓인지 갑자기 가슴이 두근거린다. 그렇다고 두렵거나 공포 따위 때문은 절대 아니었다. 워낙 소문이 자자한 거목과 맞부딪친다는 사실 때문에 심장이 쿵쾅거리는 것이었다.

황보황은 아무 말하지 않았다.

한 번쯤은 평소 그의 성품을 보아 좋은 주먹이라고 칭찬을 해줄 법도 하건만 침묵 속에 어금니를 깨물었다는 것은 매우 긴장하고 있음을 나타내 주고 있었다.

우웅!

갑자기 조용한 방에 기이한 소리가 들렸다.

황보산과 청소혜의 시선이 황보황의 손에 들린 칼에 집중되었다. 황보황의 칼은 애도 벽상이었다. 전설의 사대신병만큼은 되지 못하지만 상당히 뛰어난 칼이었다.

그는 십여 년 전 천축을 다녀오던 중 이름 모를 동굴에서 하룻밤을 지샌 적이 있었다. 피곤함에 일찍 잠이 들었는데 칼이 울어 잠을 깨어 보니 소뢰음사 자객들이 다가오고 있었다. 이후 울음을 터뜨려 황보황을 구했다 하여 구생도(求生刀)라고도 불린다. 그런데 벽상이 또 울고 있었다.

당시는 황보황이 동굴에서 잠에 곯아 떨어져 있었을 때지만 지금은 깨어 있고 대결을 앞에 두고 있는데 우는 것이다. 그건 한 가지 사실을 의미하고 있었다.

청소혜가 돌아보았다.

칼의 울음을 어떻게 해석해야 하느냐는 질문이었다.

황보산은 자신감 넘치는 얼굴로 설명해 주었다. 당시의 울음은 잠을 깨우는 울음이고 지금의 울음은 상대를 이길 수 없으니 도망치라는 울음이라고 했다.

그러자 황보황은 시위라도 하듯 그대로 칼을 펼쳐 달려들었다.

츄아항!

칼이 미끄러지듯 들어갔다.

단순한 찌르기로 전광석화이다.

탁발환이 싸울 때처럼 황보황의 칼은 추산의 몸을 정확히 찔렀다. 하지만 어느새 황보황은 찌른 칼을 베는 동작으로 가져가고 있었다. 찌름이 성공했다면 절대 나올 수 없는 동작이었다.

슉!

사사!

화악!

찌르고 베고 치는 세 개의 동작이 눈부실 만큼 빠르고 완벽한 하나를 이루고 있었다.

하지만 추산은 그 빠름 속을 한 마리 나비처럼 유영하고 있었다. 금방이라도 베일 것 같았지만 한 걸음으로 피하고 있었다.

추산의 주먹을 알기 때문에 황보황은 공격의 틈을 주지 않기 위해 혼신을 다한 선공을 취했다.

추산은 걸음을 옮기며 틈을 노렸다. 많은 주먹을 뻗는다고 해서 좋은 건 아니다. 가벼운 주먹일지라도 분명 진기가 담겨 있기 때문에 체력은 소모된다는 것이 방추산의 설명이었다.

그렇다고 한 방을 노리는 전략은 더욱 어리석다고 했다. 가장 좋은 방법은 상대에 맞춰 함께 노니는 것이라고 했다.

슈슈슈!

추산의 주먹이 마주쳐 나갔다.

쾅!

주먹과 도기가 부딪치자 거센 폭풍이 일었다.

와장창!

꽈르르!

창문과 선반이 박살 난다.

청소혜가 재빠르게 황보산을 이륜거에 태워 밖으로 피했다.

팍!

쿠쿵!

두 사람의 공격이 빚어낸 반탄강기에 초라한 별채는 어느새 무너져 내렸다.

"음!"

"큼!"

둘의 입에서 신음 소리가 흘러나오며 뒤로 한 걸음씩 물러났다. 그러나 아직 누구도 뚜렷한 우위를 점하지는 못했다.

"널 베어주마."

"오십시오."

황보황이 섬뜩한 눈빛을 흘리며 추산을 향해 달려들었다.

촤라락!

추산 또한 마주 덤벼들었다.

오래 끌고 싶지 않았다.

자신의 목적은 황보황의 목이다. 그건 아버지를 죽이려 했던 것에 대한 복수이다. 황보곤은 자신의 입으로 차마 형님을 죽여달라고 하지는 않았다. 형님의 손에 죽는다는 것이 너무 괴로운 듯 몸서리치며 차마 입 밖으로 복수란 말을 뱉지만 못했을 뿐이었다.

청소혜와 황보산 또한 그러했다. 분노에 몸을 떨며 어찌할 바를 몰랐지만 복수를 해달라고 하지는 않았다. 그래서 이들이 더 불쌍하고 측은한 것이다. 차라리 길길이 날뛰며 피는 피로써 갚아달라고 했다면 좀더 황보황에 대한 적대감이 덜했을 것이었다.

세상에는 타고난 악인이 있고 아무리 발버둥을 쳐도 악인이
되지 못하는 사람이 있다고 했는데 지금 이들이 그러했다.

꽝!

꽈가강!

"크욱!"

좀더 큰 비명이 터져 나왔다.

물론 황보황이었다.

추산의 주먹이 연거푸 뻗어나오기 시작했다.

북두칠권 칠식의 연권이 시작된 것이다.

철권이 뻗어나와 강하게 압박을 하더니 양주먹이 호랑이 앞
발처럼 좌우 관자놀이를 후려쳤다. 한 번 뻗으면 반드시 피를
보고야 만다는 혈권에 황보황의 칼이 멈칫했다.

바로 그때를 놓치지 않고 추산의 주먹이 폭발했다.

콰아아!

인권이었다.

도장처럼 상대의 얼굴에 주먹의 자국을 남긴다.

타앙!

황보황은 얼떨결에 도신으로 주먹을 막았는데 눈이 부릅떠
졌다. 도신에 추산의 주먹이 그대로 찍힌 것이었다. 이어 지권
이 뻗어 나왔고 하늘을 뒤엎는 주먹 천권, 일명 만천화우권이
떨어졌다.

우두두두!

우박처럼 떨어지는 주먹의 비에 황보황의 칼이 빙그르 회전

을 일으켰다. 그러나 워낙 강한 힘에 칼은 휘어졌고 주먹이 온몸에 비수처럼 박혔다.

쿠우우!

이어 뻗어나가는 주먹.

그러나 아무것도 보이지 않았다.

분명히 주먹을 뻗었지만 아무도 없는 빈 허공에 맨주먹을 뻗는 것 같은 기세에 황보황이 움찔했다. 본능적으로 뭔가 좋지 않다는 것을 느낀 것이다.

생사의 교전을 벌이던 상대가 갑자기 헛주먹을 날릴 이유는 절대 없었다.

"억!"

방심은 하지 않았지만 엄청난 힘이 밀려왔다.

쏴아앙!

죽을힘을 다해 칼을 내려쳤다.

단순한 힘에는 역시 단순한 초식이 좋다.

터엉!

칼이 퉁겨 올랐다.

그리고 가슴을 찍듯 박아버리는 보이지 않는 권.

"크아아악!"

황보황은 뒤로 한참을 날아가 떨어졌다.

본능적으로 일어나려고 했지만 풀썩 쓰러졌다.

꾸역꾸역!

입에서는 핏물을 쏟아냈고 정신을 차리기 위해 최선을 다했지만 워낙 강력한 무권이었기 때문에 쉽지 않았다.

빠악!

반쯤 일어났을 때 강력한 발길질이 가해졌다.

뒤로 벌렁 나자빠졌다.

다시 일어서자 또다시 발길질이 가해졌다.

앞니가 모조리 부러지고 입술이 찢어졌다.

뻑!

퍼퍽!

쉬지 않고 가해지는 타격에 머리가 띵해 온다.

그리고 황보황은 자신의 마지막이 다가왔음을 예견했다.

빠박!

"크우우!"

너무 믿어지지가 않는다.

자신의 말로가 이렇게 비참해지리라고는 한 번도 생각해 보지 않았다. 자신이 죽고 나면 황제처럼 수십만의 인파가 애도하는 물결이 만들어지지는 않아도 최소한 화려함은 떠올렸다. 특히 강호사상 맨주먹으로 일어나 천하를 통일한 입지전적의 인물이라는 말을 듣고 싶었다.

부귀는 몰라도 명예는 얻고 싶었다.

그런데 이 무슨 망신이며 초라한 종말인가. 이름도 없는 무명의 소년에게 만신창이가 된다는 건 정말이지 악몽이었다. 황보황은 안간힘을 다해 몸을 세우려 했다. 온 힘을 쏟아 저항해 보려 했다. 어떻게 해서라도 자신의 신위를 내보이고 싶었지만 의지와는 반대로 몸은 자꾸 무너져 갔다.

빽!

빽— 뻐뻐빽!

황보황은 꼼짝하지 못했다.

추산은 황보황을 물끄러미 내려보더니 청소혜를 돌아보았다. 청소혜는 이십여 장쯤 떨어진 곳에서 황보산을 태운 이륜거 뒤에 우두커니 서 있었다.

추산은 천천히 다가갔다.

황보산이 가까이 다가와 선 추산을 보며 말했다.

"가려고?"

추산은 미소를 지었다.

이제 그만 가야 할 때였다. 자신이 할 수 있는 일은 여기까지였다. 황보황의 목숨은 두 모자에게 달렸다.

"산 아우."

"예, 형님!"

"언제 올 거야?"

황보산의 얼굴이 우울해졌다.

유일하게 마음에 든 추산이었다. 나이는 적지만 자신의 비위를 맞출 줄 알았고 취향이 비슷하여 함께 있으면 시간 가는 줄을 몰랐다.

"자주 오겠다는 말은 하지마. 이따금 와도 상관없어. 단, 나를 잊지는 마."

"염려 마십시오. 다른 건 몰라도 일 년에 두 번은 꼭 오겠습니다.”

추산의 시선이 청소혜를 돌아보았다.

“건강하셔야 합니다. 어머니!”

“그래, 고맙구나. 항상 너의 건강을 위해 부처님께 기도할 것이니라.”

추산은 깍듯한 포권의 예를 취한 후 물러섰다. 천천히 걸어 가던 추산의 신형이 수직으로 솟구치더니 낙일애를 넘어 사라 져 버렸다. 실로 놀라운 신법이 아닐 수 없었다.

“아우의 무공이 예상보다 훨씬 높은 것 같습니다.”

“훌륭한 동생이다. 잘 보살피거라.”

“네, 어머니.”

청소혜는 이륜거를 돌렸다.

그러자 황보산이 물었다.

“백부님은?”

황보황을 내버려 둘 것이냐는 약간 두려운 음성이었다. 추 산은 그의 목숨을 완전히 끊지 않았다. 워낙 무공이 고강하기 때문에 지금 제거하지 않으면 무서운 적으로 돌변할 것이었 다.

끼리릭!

청소혜는 대답하지 않았다.

추산이 살려둔 건 자기 손으로 정리하라는 뜻이다. 하지만 아무리 밉고 철천지원수이지만 자기 손으로 아주버니를 죽이 고 싶지는 않았다.

"어머니!"

황보산은 자꾸 걱정이 된 듯 뒤를 돌아보았다.

청소혜는 한숨을 쉬었다.

"어차피… 살아나지 못한다!"

두 모자의 모습은 도풍강수 안으로 완전히 사라졌다.

청소혜의 말은 얼마 되지 않아 현실로 나타났다.

"엇!"

얼마쯤 지났을까 태왕을 비롯한 소림, 무당, 화산 사람들이 도풍강수까지 몰려들었다. 그들은 땅바닥에 처박혀 숨을 쉬고 있는 황보황을 발견하고 놀란 표정을 지었다.

"황보 가주 아니오?"

"틀림없소. 으음!"

모두가 충격을 금치 못했다.

천하의 황보황을 이토록 처참하게 만들어 버린 인물이 있다는 게 믿어지지가 않았다.

흘긋!

일행의 고개가 도풍강수로 돌아갔다.

그러나 모두 고개를 저었다.

황보곤의 칼은 위대하지만 절대 황보황의 적수가 되지 않는다. 더구나 그는 얼마 전 시체로 발견되었다. 그렇다면 누구란 말인가.

"계시오이까. 소승은 소림의 태왕이라 하오이다."

태왕이 큰 소리로 외쳐 말했다.

잠시 후 도풍강수의 문이 열리고 청소혜가 모습을 드러냈
다.

그녀의 표정은 싸늘해져 있었다. 이유야 어쨌든 적이 자신
의 집을 유린하였으니 심사가 편하지는 않았다.

"많이들도 오셨군요?"

비아냥이 담긴 목소리이다.

태왕은 합장을 하며 공손히 말했다.

"여기 황보황 시주를……."

"그렇게 만든 이가 누구냐 이건가요? 이것 한 가지만 기억
하세요. 당신들 능력으로는 절대 저희 아주버님을 잡지 못해
요."

그건 곧 추산이 아니었다면 놓쳤을 것이라는 의미였다. 태
왕은 부인하지 않는다는 듯 고개를 끄덕였다.

"누굽니까? 설마 삼모님께서……?"

"호호호!"

청소혜가 어이가 없다는 듯 교소를 터뜨렸다.

"언젠가 알게 될 거예요. 아무튼 볼일들을 보셨다면 그만 본
가를 떠나주세요."

볼일이란 황보황을 뜻했다.

황보황을 잡았으니 빨리 황보세가에서 떠나라는 추방령이
었다.

"아, 한 가지 부탁이 있군요. 살아 있는 수하들이 있다면 부
디 자비를 베풀어주세요.

누구도 선뜻 대답하지 않았다.

"싫으면 관두구요. 당신들 마음을 불편하게 만들고 싶지는 않군요."

"아미타불! 좋소이다. 대신 한 가지는 어쩔 수 없소이다."

"그게 뭔가요?"

"무공까지 내버려둘 수는 없소이다."

살아남은 황보세가의 무사들을 살려주는 대신 무공은 모두 폐지하겠다는 뜻이었다.

청소혜는 아무 말도 없이 돌아서 들어갔다.

모두 건물 안으로 사라지는 청소혜를 무거운 눈빛으로 바라보고 있었다.

"대단한 여인이오."

"아마 황보세가의 안주인이 되었다면 천하의 판세가 달라졌을 것이라는 강호의 떠도는 말이 헛말은 아닌 듯하오."

모두가 무거운 찬사를 보낸 뒤 고개를 돌렸다.

황보황이 조금씩 움직이고 있었다.

"으으으!"

주위를 두리번거리고 시력의 초점이 맞지 않는 듯 자꾸 눈을 깜빡거렸다.

그러던 한순간 소스라쳤다.

시력이 회복되면서 자신을 내려다보는 사람들의 면면을 확인한 것이다. 황보황은 잽싸게 죽은 척했다. 그러나 모두의 입가에 가소로운 미소가 떠올랐다.

"살고 싶은가 보오."

"그래도 천하독패를 꿈꾸었던 위인답게 마지막도 당당하길
바랐거늘."

여기저기서 한숨을 쉬었다.

태왕이 말했다.

"보낼 사람은 빨리 보내는 것이 좋소이다. 살려줄 것도 아니
면서 오래 붙들고 있는 것도 의와 협에 걸맞지 않는 일 아니겠
소이까?"

무당의 장문인 무위 도장이 말했다.

"맞는 말씀이오. 대장로께서 손수 처리하시지요."

"그러시는 게 좋을 듯하오이다."

태왕은 길게 한숨을 내쉬었다.

태왕은 죽은 척하고 있는 황보황을 보며 입을 열었다.

"마지막으로 할 말은 없소이까?"

황보황은 꼼짝도 하지 않았다.

끝까지 죽은 척하기로 마음먹은 듯했다.

"아미타불!"

태왕은 짧은 불호를 외우더니 오른손을 뻗었다.

온통 붉게 변한 손, 그런데 순간적으로 모두의 눈에 한 마리
사자가 공격하는 환영이 느껴졌다.

—사자모니인!

퍼억!

정확히 오른손이 황보황의 머리를 때렸다.

황보황은 끝내 죽은 척하다 진짜 죽고 말았다.

*　　　*　　　*

돌바다[石海], 구름바다[雲海], 소나무 바다[松海]. 이름하여 삼해로 유명한 황산.

그중 가장 높은 봉우리 천도봉에 강한 바람이 불고 있었다.

노인은 초췌했다. 어디서나 흔히 볼 수 있는 평범한 신색이었는데 다른 점인 옆구리에 이가 다 빠진 칼 한 자루를 차고 있다는 것이었다. 노인은 누군가를 기다리는 듯 연신 산 아래쪽을 살피고 있었다.

얼마쯤 지났을까. 강한 바람을 뚫고 먹물 같은 흑의를 걸친 사내가 나타났다.

육척 거구의 사내 또한 옆구리에 칼을 차고 있었는데 금방이라도 불 속에서 꺼낸 듯 시뻘겋다

"오랜만입니다."

거구의 사내가 포권을 했다. 그는 다름 아닌 바로 당문의 문주인 당룡파였다.

"신수가 더 훤해진 것이 칼이 더 높아진 게로군?"

"감사하옵니다."

부인 않는다.

그만큼 오늘 대결에 자신이 있다는 뜻이었다.

사실 지금 당룡파의 기분은 아주 흡족해 있었다. 앓던 이였던 황보세가가 사라질 위기에 처해 있고 팽문 또한 지지부진하고 있다.

사실 당문의 실체는 누가 뭐라고 해도 독이다.

하나 언젠가부터 독이 사라지고 그 자리에 칼이 들어섰다. 독이 지닌 한계성을 탈피하기 위해 칼로 돌아선 것이 이제 삼대째, 어느 정도 자리를 잡아가고 있었다.

잘하면 졸지에 강호제일도문으로 올라설 수도 있었다.

"밤이 길면 꿈도 길어진다고 했네. 한수 지도를 받겠네."

"겸양의 말씀, 비록 일파의 주인이기는 하나 감히 강호 항렬로 따지면 소생이 한수 지도를 받음이 마땅합니다."

말은 겸손했다.

그렇지만 두 눈에서 뿜어 나오는 빛은 쉴 사이 없는 살기이다.

어쩌면 자신을 제물로 그동안 황보세가로 인해 실추된 당문의 명예를 회복하려 들려는 계산을 갖고 있을지 모른다고 추운도수는 생각했다.

쉬이익!

추운도수의 칼이 먼저 뽑혀 날아갔다.

당룡파 얼굴에는 여전히 웃음이 떠나지 않았다. 제자리에서 꼼짝도 하지 않고 날아오는 추운도수의 칼을 쳐냈다.

캉!

단 일초였다.

그런데 온몸이 벼락을 맞은 듯 후덜거리며 가슴속 기혈이 회오리쳤다.

추운도수의 눈이 가늘어졌다.

무사는 싸우지 않아도 상대를 알고 자신을 평가한다. 이미 당룡파를 보는 순간 적수가 되기에 너무 크다는 것을 느꼈다. 그런데 일초의 교환에서 더욱 크다는 것을 깨달았다.

콰콰콰!

추운도수는 맹렬히 돌진했다.

부족할 땐 공격만이 최선이다.

공격은 최선의 방어이기 때문이다. 마치 해일과 같은 도기가 당룡파를 향해 몰아쳐 갔다.

차차차창!

필사적인 추운도수의 도기는 모조리 차단되었다.

"으음!"

강한 반탄력이 칼끝을 타고 전해온다.

주춤하는 순간 말뚝처럼 서 있던 당룡파가 움직였다.

콰우우!

튕기듯 날아오는 가공할 기세.

칼과 하나가 되어 폭발하듯 다가오는 당룡파의 공격은 가히 산악이라 하기에 부족함이 없었다.

추운도수의 입가에 미소가 어렸다.

승과 패는 이제 자신에게 그다지 중요하지 않았다. 백록서

원에서 말했듯 무사는 싸우다 죽고 상대가 더 강하다면 더욱
좋은 일일 뿐이었다.

  챙챙!

  콰드득!

  두 사람은 삼 장의 거리를 놓고 격렬하게 칼을 휘둘렀다.

  찌르게 베고 후려치는 공격이 순식간에 십여 합 이뤄졌으며
어찌나 빠르고 날쌘 지 얼굴을 확인할 수가 없을 정도였다.

  "호호호! 역시 늙은 고추가 아직은 맵군. 하나."

  당룡파가 뒤로 물러서며 느물거렸다.

  "이제 그만 떠나십시오. 너무 오랫동안 잘먹고 잘살았다고
생각하지 않습니까? 나 당룡파가 당신의 시대를 막 내려주겠
습니다."

  "독이 전성기를 이룰 때는 안 그랬는데 칼을 쥐더니 당문 주
인들 말이 너무 많아졌어."

  당룡파의 눈이 부릅떠졌다.

  스스로 장부라고 자부한다. 그런 장부에게 말이 많다는 것
은 계집 같다는 지독한 모욕이 아닐 수 없었다.

  "늙은이."

  슈욱!

  당룡파의 신형이 고무줄처럼 늘어났다. 아니었다. 그것은
늘어난 것이 아니라 너무 빠른 탓에 그렇게 늘어난 것으로 보
였을 뿐이었다.

―아아!

추운도수는 절망했다.
자신의 눈이 움직이는 상대를 늘어지는 것으로 봤다는 것은
쫓지 못할 만큼 빠르다는 뜻이었다.
콱!
일도.
그것은 뇌전이었다.
너무 밝아 추운도수는 눈을 바로 뜰 수가 없었다.
확!
이렇게 되면 물러설 곳이라고는 없다.
추운도수는 있는 힘껏 빛을 향해 칼을 휘둘렀다. 보고서가
아니라 본능적인 동작이었다.
보지는 않았지만 짐작으로 내려친 칼.
그것은 정확히 맞아떨어졌다. 그러나 돌이킬 수 없는 점은
당룡파의 힘에 비해 현저히 약화된 추운도수의 내공이었다.
쫘아앙!
"크억!"
추운도수는 비명을 지르며 날아갔다.
처억!
추운도수의 눈이 커졌다. 땅바닥에 떨어졌으면 아프거나 띵
해야 하는데 마치 침상에 떨어진 듯 푹신했기 때문이었다. 입
가에 피를 흘리면서도 주위부터 살폈다.

"너… 넌?"

자신은 누군가에게 안겨 있었는데 놀랍게도 추작도였다.

추작도는 노독수의 얼굴로 우뚝 서 있었다.

추작도는 조심스럽게 추운도수를 내려 놓고 등 뒤를 손바닥으로 탁 쳤다. 그러자 추운도수는 왝 하며 피를 토했고 한결 몸속이 나아짐을 느꼈다. 그의 눈에 보이는 추작도는 이미 지고무상한 경지에 올라버린 인물이었다.

"제가 아는 분이 있습니다. 아니, 이 세상에서 유일하게 존경하는 분이죠."

추운도수는 가만 듣고 있었다.

추작도는 말했다.

"인사차 찾아갔는데 사부님 애길 말씀하시더군요. 부랴부랴 달려왔습니다. 오다가 산적들을 만났는데 싸우고 왔더라면 큰일날 뻔 했군요."

"그래서 한시 바삐 오느라 모두 빼앗기고 왔단 말이냐?"

"어쩝니까? 사부님이 더 중요한데."

처음 만난 날 이미 노독수가 아님을 알고 있었다.

하지만 자신이 말했던 듯 강자면 됐지 굳이 제자이고 아니고는 중요하지 않았다. 더구나 자신을 떠난 인물 아닌가. 엄밀히 말하면 이제 자신의 제자가 아니라 황보세가의 무사일 뿐이었다.

"우핫핫핫! 가진 재물보다 내가 더 중요하단 말이지."

추운도수가 앙천광소를 터뜨렸다.

이보다 즐거운 말이 어디 있는가.

얼마나 다급했으면 충분히 산적들을 죽이고 빼앗기지 않을 수도 있었는데 모조리 줘버리고 달려왔을지를 생각하니 미치고 환장하겠다.

"내가 제자 하나는 제대로 두었구나. 정말 멋지구나."

추작도는 당룡파를 향해 포권을 하며 입을 열었다.

"몇이오?"

흠칫!

당룡파가 놀란다.

일단 만나면 강호인들은 이름부터 묻는다. 그런데 상대는 나이부터 물어왔다.

당룡파는 말했다.

"마흔다섯이오."

추작도는 웃음을 지었다.

"쉰넷이오."

당룡파의 눈이 커졌다.

자신보다 젊어보이는데 쉰넷이라고 말하자 믿어지지 않는다는 표정이었다.

찌이익!

추작도는 인피면구를 벗어버렸다. 그러자 본래의 얼굴이 나타났다.

당룡파는 그가 자신보다 한참 아래의 인물로 보였는데 갑자기 존장으로 돌변하자 어색했다.

"진짜 얼굴이냐?"

"네, 사부님!"

"야야, 징그럽다. 그냥 사부님 빼고 네 하고 대답만 해라."

"네."

"그래, 그래. 그거 좋구나. 젊어서 한 인물 했겠구나."

"돈이 없어서 생각보다 많은 여자가 붙지는 않았습니다. 그렇다고 무공이 강한 것도 아니고."

"맞아. 아무리 잘생겼다고 해도 돈이 없다거나 무공이 별 볼일 없으면 계집들이 끓지 않지."

추작도는 당룡파를 향해 말했다.

"근본이 천해서 오래 끄는 싸움에는 딱 질색일세. 서둘러 끝내세나. 낙양에서 이곳 황산까지 이틀 걸렸는데 꼬박 굶었다네."

당룡파의 눈이 커졌다.

자신은 일문의 주인이었다. 그것도 평범한 문의 주인이 아니라 사천당문이라는 불멸의 집단의 수장이다. 명문가의 수장은 강호에서 나이의 많고 적음에 따라 대접을 달리 하지 않고 오로지 그가 차지한 위치로 결정한다.

즉, 자신의 나이가 비록 마흔다섯밖에 되지 않았지만 강호에서 반말을 할 수 있는 사람은 없다고 해도 과언이 아니었다. 그런데 처음 본 추작도가 반말을 하자 무척 화가 나기도 하면서 어이가 없었다.

"호호호!"

당룡파가 칼을 휘두르며 달려들었다.

일도에 난도를 해버릴 듯 무척 화난 얼굴이었다. 추작도의 칼이 뽑혀 나왔고 빠르게 찔러갔다.

"엇!"

당룡파는 비명을 질렀다.

당문의 칼은 파괴력이다. 물론 신법이 빠르기 때문에 느림의 단점을 어느 정도 보완하고는 있지만 빠르지는 않다. 그런데 추작도의 칼은 바람과 같았다.

찌익!

방심을 했다고는 하나 일도에 옆구리 옷이 잘려 나갔다. 조금만 반응이 늦었다면 치명상을 입었을 것이었다. 하나 안도의 한숨을 쉬기는커녕 당룡파의 얼굴이 더욱 굳어졌다.

—황보세가의 일류선이다.

무거운 칼은 빠름에 약점을 보인다. 그런데다 당문의 도법은 더욱 황보세가의 칼, 그중 일류선에 나약해지고 있었다. 그 사실을 아는 자는 양쪽 문파에서 유일하게 당룡파뿐이었다. 황보세가를 꺾기 위해 불철주야 연구를 했고 어느 날 자파의 칼이 유독 찌르기에 약점을 갖고 있다는 것을 찾아낸 것이었다.

쉭쉭!

추작도의 칼이 다시 찔러왔다.

"우욱!"

해도 너무 빠르다.

이토록 빠른 칼은 처음이었다. 신법이 늦었더라면 이미 절명했을 것이었다.

따다당!

당룡파는 막기에 바빴다.

언젠가 타계한 부친 당천오에게 이 세상에서 가장 피하기 어려운 도식이 무엇이냐고 물은 적이 있다. 그때 부친은 찌르는 칼이야말로 상대를 가장 곤혹스럽게 만든다고 했다.

카캉!

연신 쳐냈지만 그것도 한계가 있었다.

점점 손아귀가 찌르르 해왔고 가랑비에 옷 젖 듯 몸속의 기혈이 끓어올랐다.

"우아아아!"

답답했다. 이렇게 나가다가는 싸움다운 싸움도 해보지 못하고 패할 것이 분명했다. 그럴 바에는 자신의 칼을 사용하고 싶었다. 당룡파는 분노와 악에 바친 음성을 토해내며 오독주천도법(五毒蛛天刀法)의 연식을 펼치기 시작했다.

콰라라라라!

상대가 어떻게 찔러오든 상관하지 않고 자신의 도법만 충실하게 펼친 것이었다.

―호오!

지켜보던 추운도수의 눈이 커졌다.

당파룡의 전법은 지금 상황에서 가장 적절하고 완벽한 것이었다. 위기일수록 자신의 것을 펼쳐야 하고 자기 주도로 공격을 해야 한다. 지나치게 상대를 의식하다 보면 상대에 말리고 위험을 자초한다.

그러나 놀라운 것은 추작도였다.

상대는 당문의 문주였다. 처음 이십여 초는 잠시 주춤하는가 싶더니 어느새 당룡파를 완벽히 몰아붙이고 있었다.

─숨 떨릴 만큼 멋진 찌르기다. 천하에 저보다 더 완벽한 찌름을 지닌 이는 없을 것이다.

슉!

슈슈슈슉!

추작도의 파상공세가 이어졌다.

"커억!"

거함이 침몰한 듯 이보다 더 큰 비명이 있을까.

작지 않은 천도봉이 지축을 울렸다. 휘청거리며 뒤로 서너 걸음 물러나던 당룡파의 얼굴에 불신의 빛이 가득 떠올랐다.

"내… 내가 지금 패… 패한 것이오?"

추작도는 조용히 칼을 도집에 꽂아 넣었다.

"앞으로 천하는 한 도문(刀門)을 보게 될 것이오."

"어, 어디?"
"추작도문(秋爵刀門)이오."
"추, 추작도… 문."
털썩!
당룡파는 엎어져 숨을 거두었다.

*　　　*　　　*

사람들이 몰려들었다. 붐비던 저잣거리는 숨을 죽였고 거대한 공터가 만들어졌다.
아망개와 추산은 대치했다.
두 사람은 아무 말도 하지 않았다. 그러나 얼굴에는 하나같이 여유가 흘렀다.
"누가 이길까?"
구경꾼 중 누군가 속삭이듯 묻는다.
옆사람이 말을 받았다.
"글쎄."
사람들의 의견은 크게 두 갈래로 나뉘어졌다. 개방의 미래인 아망개가 우세할 것이라는 쪽과 흑도대종사로 밝혀진 금마옥주 모찰의 제자인 추산이 앞설 것이라는 의견이 팽팽했다.
"하압!"
아망개가 먼저 움직였다.
몸이 날아간다 싶은 순간 어느새 타구봉이 뽑혀 추산을 양단했다.

"엇!"

"베어졌다!"

사람들은 경악했다.

그러나 추산의 몸은 어느새 살아나 다른 곳에 서 있었다.

쉬라락!

아망개의 타구봉이 연거푸 불을 뿜었다.

추산 또한 빠르게 다가들며 좌우 주먹을 뻗었다.

쾅쾅쾅!

"으음!"

아망개의 입에서 가벼운 신음이 흘러나왔다. 안색 또한 크
게 출렁거린다.

스윽!

추산은 거리를 좁혀 들었다.

아망개는 뒤로 물러났다. 그러나 쫓아가는 추산의 걸음이
훨씬 빠르다.

퍼퍼퍽!

연거푸 복부에 꽂히는 주먹이었다.

아망개의 신형이 크게 휘청거렸다.

빠악!

추산이 아망개의 턱을 돌렸다.

"크억!"

한 번 잡은 기회를 추산은 외면하지 않았다. 진드기처럼 달

라붙어 있는 힘을 다해 아망개의 복부를 쳤다. 복부를 치는 것은 두 가지 목적이 있다. 신체에서 가장 넓기 때문에 공격하기가 좋기도 하지만 단전에서 올라오는 내기를 끊는 효과를 가져온다. 또 한 가지는 발을 느리게 한다.

천하없는 신법의 달인일지라도 복부가 만신창이가 되면 발걸음을 떼지 못한다.

개방의 신법은 광견파(狂犬波).

빠르기로 따지면 구파일방 중 으뜸이라 할 만했다. 그래서 추산은 의도적으로 복부를 노렸고 성공한 것이었다.

비틀거리는 아망개의 턱에 추산의 주먹이 틀어박혔다.

콱!

"커어어!"

피가 사방으로 튀었다.

추산의 주먹이 난도질하듯 작렬했다.

빡— 바바바바!

와아아!

구경하고 있던 사람들이 박수를 쳤다.

저잣거리 사람들 중 개방 인물들에게 돈을 뜯기지 않는 사람이 없었다.

"잘한다!"

"죽여라, 죽여!"

추산의 주먹은 걷잡을 수 없이 폭발했다.

퍼석!

이빨이 모조리 부서지는 소리였다.

덜덜덜!

뒤로 밀려난 아망개는 쓰러지지 않기 위해 노력했다. 그러나 추산의 거듭된 공격에 벌렁 나자빠졌고 달려온 발길질에 멀리 날아가 버렸다. 그 순간 기다렸다는 듯 저잣거리 사람들이 벌떼처럼 쓰러진 아망개를 덮쳤다.

"됐다!"

"찢어!"

상인들의 발길질에 아망개는 처참하게 뭉그러졌다.

바로 그 시간 한 사내가 낙양을 떠나고 있었다. 절뚝거리며 낙양을 떠난 이는 차오였다.

*　　*　　*

오색 천에 감싸인 현판이 처마 끝에 달려 있었다. 늘어진 줄을 잡고 있는 사람은 추작도를 비롯해 추산과 하후청, 하후천, 그리고 추운도수였다.

많은 낙양 사람들이 다섯 사람 주위에 몰려 있었다.

피광이 큰 소리로 외쳐 말했다.

"하나, 둘, 셋 하면 당기셔야 합니다. 하나!"

사람들은 긴장했다.

"두울! 세엣!"

피광의 말이 떨어지자마자 다섯 사람은 힘차게 오색 천을 잡아당겼다.

　검은 자단목으로 된 굵직한 현판 하나가 모습을 드러냈다.
하후천이 직접 쓴 현판의 글씨는 금방이라도 한 마리 용이 되
어 날아갈 듯했다.

추작도문(秋爵刀門).

『검명도살』 완결

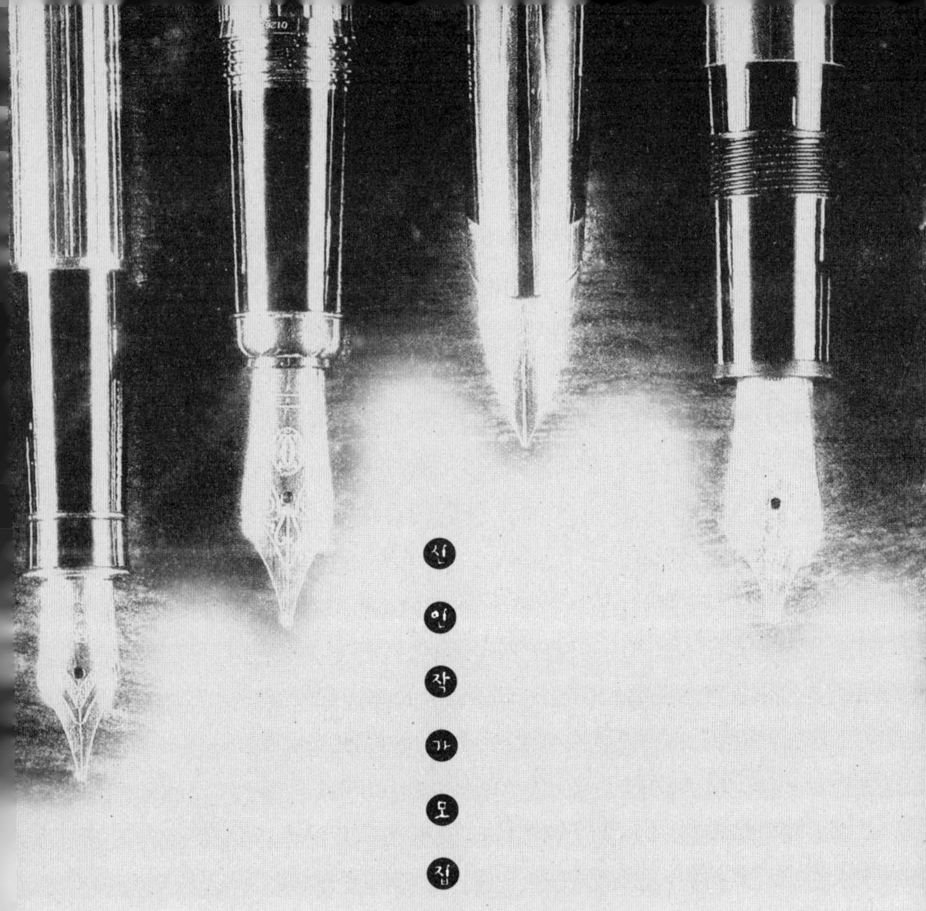

신인작가모집

시작이 반이라고 했습니다.
작가의 길에 대한 보이지 않는 벽을 과감히 깨뜨리십시오!
청어람은 작가 지망생 여러분들의
멋진 방향타가 되어드리겠습니다.

저희 도서출판 청어람에서는
소설 신인 작가분들을 모집합니다.
판타지와 무협을 사랑하시는 분들의 많은 참여를 바랍니다.
소정의 원고(A4용지 150매)를 메일이나 우편으로 보내주시면
검토 후 출판 여부를 알려드리겠습니다.

주소:경기도 부천시 원미구 심곡2동 163-2 서경B/D 2F 우편번호 420-822
TEL:032-656-4452 · **FAX:**032-656-4453
http://**www.chungeoram.com**
e-mail:chungeoram@chungeoram.com

鐵山大公
철산대공
①
임준후 新무협 판타지 소설

鐵山大公
철산대공
②
1

유행이 아닌 자유추구 -
WWW.chungeoram.com

용호객잔

龍虎客棧

설경구 新무협 판타지 소설

낙양 변두리에 위치한 허름한 용호객잔.
폐업 직전까지 몰렸던 용호객잔에 복덩이,
천유강이 저절로 굴러 들어왔다.
그런데… 이 객잔 좀 수상하다?

독문병기는 낡은 주판, 중원상왕을 꿈꾸는 객잔주인, 용사등.
독문병기는 마른 걸레, 끔찍이 못생긴 점소이, 용팔.
독문병기는 식칼, 긴 독수공방 끝에 요리와 혼인한 숙수, 장유걸.
독문병기는 이 빠진 도끼, 사연 많은 남장여인, 문우령.
독문병기는 얼굴, 기억을 잃어버린 절세미남 신입 점소이, 천유강.

"중원의 상왕이 되리라!"

현실감각이라고는 찾아보기 힘든
용사등의 허황된 건언이 천하를 혼란에 빠뜨린다.
바람 잘 날 없는 용호객잔의 평범한(?) 일상에
중원의 이목이 집중된다.

守護武士
수호무사
각사 新무협 판타지 소설